ASCHE ZU ASCHE

MINISTERIUM DER KURIOSITÄTEN, BAND #5

C.J. ARCHER

Übersetzt von
ANNETTE SPRATTE

WWW.CJARCHER.COM

Asche zu Asche, Ministerium der Kuriositäten, Band 5

Originaltitel: Ashes To Ashes © 2016 C.J. Archer

Aus dem Englischen übersetzt von Annette Spratte
© 2023

KAPITEL 1

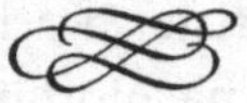

LONDON, WINTER 1889

äre in dieser frostigen Dezembernacht jemand in der Grand View Lane gewesen, hätte er einen Augenblick lang eine schattenhafte Gestalt von einem der hinteren Dachfenster des verfallenen Hauses hängen sehen, ehe sie auf dem Fensterbrett im zweiten Stock landete. Mit der Geschicklichkeit eines Affen wiederholte die schwarz gekleidete Gestalt diese Übung, um zum Fensterbrett der ersten Etage zu gelangen und schließlich unten auf dem schmierigen Kopfsteinpflaster zu landen. Die phantomartige Gestalt trug weder Umhang noch Mantel, die ihre Bewegungen beeinträchtigt hätten, und die schulterlangen schwarzen Haare waren mit einem Band zusammengebunden. Allerdings gab es für dieses Kunststück keine Zeugen und so zog Lincoln Fitzroy es auch vor.

Trotz des Namens wies die Grand View Lane keine großartige Aussicht auf, sondern lediglich feuchte Ziegelmauern und einen leeren Karren mit einer gebrochenen Achse, der wie betrunken am unteren Ende der Gasse an der niedrigen Mauer lehnte. Im Dunkeln konnte man ihn schlecht erkennen, aber Lincoln hatte sich seine Position gemerkt und konnte ihn einigermaßen ausmachen. Niemand sonst war in der Nähe. Es war zu kalt, zu dunkel und zu gefährlich, um mitten in der Nacht in dem Teil Londons unterwegs zu sein, in dem Jack the Ripper im Jahr zuvor sein Unwesen getrieben hatte.

Lincoln verschmolz mit den Schatten und wartete. Er war absichtlich eine Stunde zu früh gekommen. So konnte er sehen, ob ein Komplize die Gasse betrat und sich versteckte, bevor sein Informant auftauchte. Lincoln ging kein Risiko ein.

Nebel kroch wie ein sich langsam bewegender Geist heran. So hatte Charlie ihm die Geister beschrieben—dunstige Wolken, die die Gestalt ihrer Körper nachformten.

Charlie. Sie schlief jetzt bestimmt weit weg in einem warmen Bett in dem Pensionat für missratene Töchter. In Sicherheit.

Er schob die Gedanken an sie beiseite, ehe sie Wurzeln schlagen konnten und sich zu fest setzten, um sie loszuwerden. Er musste sich konzentrieren.

Der Nebel machte die ohnehin schon kalte Luft feuchter. Lincoln atmete durch die Nase in den aufgeschlagenen Kragen seiner Jacke, um seinen frostigen Atem zu verbergen. Seine Hände steckten in Handschuhen, die er zu Fäusten ballte, um die Fingerspitzen warm zu halten. Zitternd verfluchte er die bittere Kälte. Ihm entging nicht, dass er früher nie Kälte gespürt hatte. Er hatte gar nichts gespürt.

Wieder zwang er sich zur Konzentration. Er lauschte. Mary Dwyer, die Prostituierte, aus deren Dachfenster er gerade gekommen war, musste einen Freier ergattert haben, denn ihr übertriebenes Stöhnen übertönte beinahe den Betrunkenen, der eine Straße weiter lauthals sang. Das nächste Mal, wenn Lincoln ihr Zimmer nutzte, um in die Gasse zu gelangen, sollte er ihr mehr zahlen. Jemand konnte viel zu leicht so tun, als wäre er ein Freier, das Zimmer aber genauso nutzen, wie Lincoln es getan hatte und von oben angreifen. Eine Stunde ihrer Zeit sollte genügen.

Der Gesang kam näher, wurde klarer. Für einen Betrunkenen lallte er nicht genug. Hätte jemand so intensiv gelauscht wie Lincoln, wäre es ihm aufgefallen. Der Sänger betrat ohne Zögern die Gasse und schwieg. Lincoln verdrehte die Augen. Wenn seine Männer ihre Tarnung so schnell fallengelassen hätten, hätte er sie zu extra Hausarbeit und mehr Training verdonnert. Solche Amateurfehler hatten sie sich seit Wochen nicht geleistet.

Der Informant teilte den Nebel wie ein Meer, das sich hinter ihm wieder schloss, sobald sein Mantel es nicht mehr aufwirbelte. Er trug eine tief ins Gesicht gezogene Kappe und hob den Schirm nicht an, selbst als er neben dem Karren stehen blieb. Seine Atemstöße waren laut in der Stille und bildeten Wolken um seinen Mund.

„Sind Sie hier?", flüsterte er.

Lincoln wartete, ohne etwas zu sagen oder sich zu rühren. Er schärfte seine seherischen Sinne, spürte aber keine andere Präsenz. Das war nicht sehr verlässlich, weswegen er auch lauschte. Keine anderen Geräusche waren vernehmbar. Mary Dwyer war fertig und würde sich bald auf die Suche nach einem neuen Freier machen. Vielleicht schnappte sie sich sogar den Sänger, wenn er ging, falls er der Typ war, den eine billige, gelbhaarige, zahnlose Krähe reizte. Lincoln wusste es nicht. Er wusste nur, was er über den Mann wissen musste, wie die Tatsache, dass er sich Billy der Ausreißer nannte. Sein regulärer Informant hatte das Treffen arrangiert, nachdem er Lincoln erzählte hatte, Billy hätte ein Gespräch mit angehört, bei dem ein Mann einem anderen eine große Geldsumme geboten hatte, um jemanden zu töten. Falls die Chance bestand, dass Billy den Vermittler identifizieren konnte, würde Lincoln alles Nötige tun, um diese Information aus ihm heraus zu bekommen, selbst wenn es eher Geduld als Gewalt erforderte. Er vermutete allerdings, dass Geld genügen würde. Geld ließ sich leicht ausgeben und zum Glück spuckten die meisten Kriminellen ihr Wissen aus, sobald Lincoln ein paar Münzen aufblinken ließ. Er würde Billy dem Ausreißer einen ganzen Sack voll geben, wenn es ihn zu dem Kerl führte, der den Auftragskiller angeheuert hatte, um die beiden Übernatürlichen Reginald Drinkwater und Joan Brumley zu erschießen. Diesen Mann wollte Lincoln finden, ehe er weitere Übernatürliche aufspürte und umbrachte.

Bevor er Charlie aufspürte.

Auch wenn Lincoln selbst nicht in ihrer Nähe sein wollte, fühlte er sich bei dem Gedanken körperlich krank, dass jemand ihr etwas antun könnte. Er ballte seine Faust an seiner Seite und sagte dann: „Ich bin hier."

Billy der Ausreißer fuhr herum. Er stierte in die Schatten

neben dem Karren. „Wo? Kommen Sie raus, dass ich Sie sehen kann."

„Nein."

Billy schwieg, vielleicht um zu entscheiden, ob er mit einem Mann Geschäfte machen konnte, der sich im Schatten verbarg. „Haben Sie die Kohle?"

Lincoln nahm einen Beutel aus der Innentasche seiner Jacke und hielt ihn hoch. Er wollte ihn nicht werfen. Die Münzen würden zu viel Krach machen.

Billy zuckte zusammen, als würde es ihn überraschen, dass Lincoln so dicht neben ihm stand. Er nahm den Beutel und wog ihn in seiner Hand. „Das reicht nicht."

„Die andere Hälfte bekommen Sie nach unserer Unterredung."

„Angst, dass ich mit Ihrem Zeug ausreiße, was?" Billy lachte. Lincoln wartete. „Man nennt mich Billy den Ausreißer, klar? Ausreißen. Es ist ein Wortspiel."

Lincoln rührte sich nicht.

Billy seufzte. „Jim sagte, Sie wär'n so witzig wie 'ne Holzplanke." Nach einer kurzen Pause, in der das einzige Geräusch Billys Schlucken war, kam der Informant endlich auf den Punkt. „Jim sagte, Sie wollten was über den Kerl wissen, der nach 'nem Schützen gesucht hat."

„Kam jemand auf Sie zu?"

„Nee, nicht auf mich. Ich hab' keine Knarre. Mein Kumpel, der hat einen Revolver. Der hat mit dem reichen Schnösel gequatscht, aber ich hab' vom Nachbartisch aus zugeschaut, hab' alles geseh'n."

„Schnösel? Er war ein Gentleman?"

„Jep, echt affektierter Akzent."

„Wie sah er aus?"

„Groß, rote Haare, grauer Bart, fett und 'ne runde Brille. Trug 'nen langen schwarzen Mantel aus feiner Wolle."

Lincoln war enttäuscht. Die roten Haare und der graue Bart passten nicht zu den Beschreibungen, die er von seinen anderen Informanten bekommen hatte. Einer hatte einen Mann ohne Bart getroffen, ein anderer hatte den Kerl als blond und schlank beschrieben, der nächste behauptete, er wäre jung, braunhaarig und durchschnittlich schwer. Einzig bei der Größe waren sich alle einig. Die war unmöglich zu tarnen. Alles andere konnte mit Perücken, Brillen und Polstern verändert werden.

„Was ist mit einem Namen?", fragte Lincoln.

„Spinnen Sie?"

Es war einen Versuch wert. „Hatte er ein Gefährt?"

„Schwarze Droschke, keine Abzeichen."

„Was ist mit dem Fahrer und dem Pferd?"

„Der Fahrer war bis zur Nasenspitze vermummt, das Pferd war braun. Bin ihm nicht gefolgt, falls das Ihre nächste Frage ist. Wollte nicht, dass ich ihm auffalle."

„Sie haben sich diese Dinge gemerkt, weil Sie wussten, dass ich für Informationen zahlen würde?"

„Jep. Hat Jim mir gesagt."

Wie vielen Leuten hatte Jim das gesagt? „Hat Ihr Freund den Job abgelehnt oder hat der Adelige beschlossen, woanders hinzugehen, nachdem er sich mit ihm getroffen hatte?"

Bei Billys Zögern runzelte Lincoln die Stirn. „Woher wissen Sie, dass er nicht angenommen hat?"

Weil der Mörder vor einer Woche tot aufgefunden worden war, vermutlich durch den Adeligen zum Schweigen gebracht. Billy sprach jedoch von seinem Freund, als würde er noch leben. „Ich weiß es einfach."

„Er hat abgelehnt. Er ist kein Mörder, klar? Er nutzt seine Knarre nur, um den Leuten ihre Klunker und so abzuluchsen."

„Warum haben Sie so lange gebraucht, um auf mich zuzukommen?" Lincoln hatte schon Anfang der Woche mit Informanten gesprochen, aber zwei Tage lang hatte er nichts von ihnen gehört. Billy der Ausreißer hatte möglicherweise gezögert, weil er sich nicht entscheiden konnte, ob es das Risiko wert war, die Belohnung mit einer Lüge einzuheimsen. Jim würde ihm gesagt haben, was mit Informanten geschah, die Lincoln zu täuschen versuchten.

Billy fuhr zurück. „War erst gestern Abend."

„Gestern Abend?"

„Ich schwöre bei Gott! Ich wusste, dass Sie zahlen, weil Jim es mir gesagt hat, aber es ist erst gestern Abend passiert. Habe heute mit Jim geredet und der hat das Treffen ausgemacht."

Das hatte er. Wenn die Begegnung erst gestern Abend stattgefunden hatte, suchte entweder jemand anderes nach einem Auftragskiller, oder der Adelige, der die Morde an den Übernatürlichen in Auftrag gegeben hatte, würde wieder töten.

Es überraschte Lincoln nicht. Das war nur eine Frage der Zeit gewesen. Zum Glück konnte er sich jetzt, da Charlie weg war, darauf konzentrieren herauszufinden, wer hinter den Morden steckte, und sie aufhalten, bevor sie wieder töteten.

„Können Sie mir sonst noch etwas sagen?", fragte Lincoln.

„Nö." Billy hielt die Hand auf und Lincoln legte einen weiteren Beutel hinein.

„Davon gibt es noch mehr, wenn Sie noch etwas Bemerkenswertes über den Adeligen oder den angeheuerten Schützen herausfinden können."

„Gut, Sir. Ich halte die Augen auf."

„Ein Wort über dieses Treffen, egal zu wem, und ich schlitze Ihnen die Kehle durch."

„Da müssen Sie mich erst erwischen." Billy tänzelte außer Reichweite und wollte wegrennen.

Im Stillen verfluchte Lincoln die Arroganz der gesamten kriminellen Riege und sprintete ihm nach. Er schnappte Billy ein gutes Stück bevor die Gasse in die Hauptstraße mündete, drehte dem Knilch den Arm auf den Rücken und hielt ihm den Mund zu. Niemand hätte es gesehen—Whitechapel war nicht gerade für seine funktionierende Straßenbeleuchtung bekannt—aber die Gefahr bestand, dass jemand Billys erstickten Schmerzensschrei gehört hätte.

„Wie ich sagte", drohte Lincoln leise, „kein Wort. Ich weiß, wo Sie wohnen. Ich weiß, wo Ihre Familie wohnt. Niemand kommt zu Schaden, wenn Sie sich an meine Regel des Schweigens halten."

Billy nickte schnell und Lincoln ließ ihn los. „W-woher wissen Sie, wo ich wohne?"

Der Kerl hatte wirklich Nerven, das zu fragen. „Ich durchleuchte alle meine Informanten … William John Hamlin."

Billy rieb sich den Arm und wich zurück, wobei er fast über seine eigene Kappe gestolpert wäre, die heruntergefallen war, als Lincoln ihn geschnappt hatte. „Verflucht", murmelte Billy. „Jim hatte recht. Er hat gesagt, Sie sind der Teufel persönlich, der versteckt im Schatten hockt und wartet, dass jemand ihm quer kommt. Und dann …" Er zog sich den Finger über den Hals, um einen Messerschnitt anzudeuten.

Lincoln hob Billys Kappe auf, wobei er die Füße des Mannes genau im Blick behielt. Billy rührte sich nicht, verlagerte noch nicht einmal sein Gewicht. Es schien nicht, als wollte er sich mit Lincoln anlegen, sonst hätte er die Gelegenheit für einen Angriff genutzt.

„Sie sind nicht der Erste, der mich für den Teufel hält." Er reichte Billy seine Kappe, ließ aber nicht sofort los. „Ich bezweifle, dass Sie der Letzte waren." Im Dunkeln war es schwierig, den Mann nieder zu starren, aber der hörte hoffentlich den drohenden Unterton und verstand die Folgen, sollte er sich verplappern. Lincoln ließ die Kappe los. „Guten Abend."

„Äh, ja, guten Abend, Sir." Das Stottern und das „Sir" waren gute Anzeichen, dass Billy der Ausreißer sich fügen würde.

Lincoln beobachtete, wie Billy rückwärts aus der Gasse wich. Sobald er das Ende erreicht hatte, flüchtete er. Lincoln folgte ihm nicht. Stattdessen kehrte er ans hintere Ende der Gasse zurück, sprang auf den Karren und dann über die Mauer. Der Hof auf der anderen Seite war leer, die schäbigen Mietshäuser, die ihn umgaben, dunkel. Schnell prüfte er die Umgebung und ging dann durch einen Bogengang auf die Straße. Er rannte eine andere Gasse entlang, dann noch eine, die so eng war, dass seine Schultern die Wände zu beiden Seiten streiften.

Er umrundete eine Ecke und blieb stehen, da ihm aus der anderen Richtung zwei Polizisten entgegenkamen. Zum Glück hatten sie die Köpfe gegen den Wind gesenkt. Wenn Lincoln nicht so sehr in Gedanken gewesen wäre, wäre er vorsichtiger gewesen. Bis er Whitechapel verließ, begegneten ihm zwei weitere Polizisten auf Streife. Die Polizei war seit den Ripper-Morden deutlich aufmerksamer geworden. Für die Opfer war es zu spät.

Seth und Gus warteten mit der Kutsche vor dem Bahnhof in der Liverpool Street auf ihn. Beide nickten, als sie ihn sahen, sagten aber nichts. Gus nahm seinen Platz hinten ein und Lincoln kletterte in die Kutsche, ohne die Stufen auszuklappen.

Ohne einen weiteren Moment zu verschwenden, fuhr Seth los und bald rasten sie durch die schlecht beleuchteten Londoner Straßen nach Highgate. Sie umfuhren Hampstead Heath und rollten durch die Eisentore von Lichfield Towers.

Lincoln erübrigte einen Blick auf das Haus, während Seth um den breiten Seitenflügel zu den Ställen und dem Kutschenhaus fuhr, auch wenn er es vermied, zum zentralen Turm hinaufzuschauen, so wie immer in letzter Zeit. In keinem der Dutzenden von Fenstern brannte Licht, kein Rauch stieg aus den vielen Schornsteinen auf. Es war grauer und düsterer denn je, als ob es in Winterschlaf gefallen wäre. Manche würden behaupten, es wäre ein beeindruckendes Beispiel gotischer Architektur, ein grandioses englisches Herrenhaus, aber für Lincoln war es nicht mehr als ein Dach über dem Kopf. Er hätte genauso gut im Keller eines ausgebrannten Hauses leben können, wie Charlie es jahrelang getan hatte, ehe sie nach Lichfield gekommen war.

Sie hatte den großen, bedrohlichen Haufen grauer Steine „Zuhause" genannt. Frauen waren in diesen Dingen sentimental und Charlie hatte einen stark emotionalen Zug, der ihre Gedanken und Handlungen bestimmte. Sobald sie sich eingelebt hatte, hatte sie schnell eine Bindung zu Lichfield aufgebaut. Davor war er gewarnt worden. Er hätte darauf hören sollen.

Aber Charlie war weg und er bezweifelte, dass die anderen, die in Lichfield wohnten, es so ähnlich empfanden wie sie. Es waren pragmatische Männer, die nicht von Gefühlen regiert wurden. Sie waren hergekommen, um hier zu wohnen und aus lediglich finanziellen Gründen für Lincoln zu arbeiten. Es war an der Zeit, sie daran zu erinnern, da sie das in letzter Zeit scheinbar vergessen hatten. Gestern erst hatten Seth, Gus und der Koch angedroht zu gehen. Vor nur wenigen Monaten hätte sich das keiner von ihnen gewagt.

„Was haben Sie herausgefunden, Sir?", fragte Gus, als Lincoln vor dem Kutschenhaus aus der Kabine stieg. „Hat er etwas gewusst?"

„Nichts Nützliches."

„Erzählen Sie uns bei 'nem Drink in der Bibliothek was davon? Wir brauchen hier nich lange."

„Nein." Lincoln ging davon. Selbst mit dem Rücken zu ihnen

hörte er, wie Gus frustriert Luft holte. Seths Schweigen sprach Bände. Seth war derjenige von ihnen, der mit seiner Meinung nicht mehr hinter dem Berg hielt. Vermutlich lag das an seinem Glauben, dass er als Adeliger das gottgegebene Recht hatte, über das gewöhnliche Volk zu bestimmen, selbst über diejenigen, die ihn davor bewahrt hatten, bei einem illegalen Faustkampf seine Zähne zu verlieren, und jetzt seinen Lohn zahlten.

Lincoln stieg die Treppen hinauf und lief den Flur entlang, wild entschlossen, diesmal bis zu seinem Zimmer zu kommen, ohne stehen zu bleiben. Es gelang ihm jedoch nicht und er hielt vor Charlies Tür inne. Nein, nicht *ihre* Tür, nicht mehr. Er legte eine Hand auf den Türknauf, drehte ihn aber nicht. Einen Augenblick später ließ er ihn los, zufrieden, dass er der Versuchung erneut widerstanden hatte. Seit er an dem Morgen, an dem sie gefahren war, versucht hatte, ihre Sachen zu packen, war er nicht mehr in dem Zimmer gewesen.

Dieser Morgen hatte sich in seine Erinnerung eingebrannt und konnte nicht entfernt werden, egal wie sehr er sich bemühte. Er konnte den brüchigen Klang ihrer Stimme nicht vergessen, als sie ihn infrage gestellt hatte, ihn angeschrien hatte, ihn angefleht und sich schließlich gefügt hatte. Ebenso wenig konnte er die Art vergessen, wie ihre Augen bei jedem Gefühl die Form und Farbe verändert hatten oder wie ihr ausdrucksvoller Mund ihm gesagt hatte, was sie wirklich dachte, auch wenn ihre Worte das nicht taten. Viel zu deutlich erinnerte er sich an den Stich in seiner Magengrube und den Schmerz in seinem Hals, als ihr tränenüberströmtes Gesicht zu ihm im Turmzimmer aufgeschaut hatte, von wo aus er ihre Abreise beobachtet hatte—das Zimmer, das sie bei ihrer Ankunft in Lichfield widerwillig bewohnt hatte.

Wie mit allen schlechten Erinnerungen konnte er nicht mehr tun, als sie beiseitezuschieben, sodass er nicht mehr jeden Augenblick eines jeden Tages darüber stolperte. Manchmal funktionierte das sogar.

* * *

DOYLE BRACHTE die Zeitung zusammen mit Lincolns Frühstück. Der Mann war effizient, professionell und unaufdringlich, alles

Qualitäten, die Lincoln bei seinen Angestellten schätzte. Während Seth, Gus und der Koch einigermaßen effizient waren, fehlten ihnen die beiden anderen Eigenschaften. In den letzten paar Wochen hatten sie den Großteil ihrer Zurückhaltung abgelegt und hatten es sogar gewagt, mit Lincoln zu reden, als wären sie ebenbürtig, wenn nicht sogar befreundet. Doyle fürchtete und respektierte ihn noch. Ein weiterer Grund, ihn zu mögen.

Es war noch dunkel und Lincoln zündete die Lampe auf seinem Schreibtisch an, um die Zeitung auszubreiten. Doyle hatte die Falten herausgebügelt, obwohl Lincoln ihm gesagt hatte, dass es unnötig war. Er nahm seine Teetasse, nur um sie wieder abzusetzen, als er die Schlagzeile auf der ersten Seite las: ZIRKUS MUSKELMANN IM SCHLAF IN DEN KOPF GESCHOSSEN. Lincoln überflog den Artikel. Am Ende war er sich sicher, dass er einen weiteren Mord an einem Übernatürlichen vor sich hatte.

Laut dem Artikel hatte sich das Opfer nach der Show im Olympia allein in seine Unterkunft zurückgezogen. Ein Schuss hatte einige der anderen Schausteller gegen zwei Uhr morgens geweckt. Als sie nachschauten, fanden sie Brutus tot in seinem Bett. Niemand hatte den Mörder gesehen und die Polizei hatte keine Verdächtigen. Die Schausteller behaupteten alle, das Opfer wäre ein guter Mann gewesen, der keine Feinde gehabt hatte. Dann beschrieb der Artikel die Kraftdemonstrationen, die Brutus in seiner Vorstellung gezeigt hatte. Es war das Hochheben einer Droschke, das Lincoln faszinierte. Kein Mann konnte das. Kein *normaler* Mann, nicht einmal ein starker.

Aber die Information, die ihn wirklich stutzig machte, war der Name. Brutus war ein Pseudonym für die Vorführungen. Sein richtiger Name war Patrick O'Neill. Lincoln erkannte ihn wieder.

Er zog sich an und ging hinauf auf den Dachboden, wo die Archive des Ministeriums gelagert waren. Es waren Kopien, die er angefertigt hatte, als er seine Arbeit in Lichfield aufgenommen hatte. Die Originalakten lagerten in Julias bzw. Lady Harcourts Haus in Mayfair. Die Kopien hatte Lincoln nicht nur angefertigt, um sich mit den Übernatürlichen und ihren Fähigkeiten vertraut zu machen, sondern auch, um die Akten an einem Ort zu haben, wo er sie einsehen konnte. Damals hatte er keinem der Komitee-mitglieder vertraut, dass sie ihm Zutritt gewähren würden, und jetzt vertraute er ihnen noch viel weniger.

Der Dachboden war in letzter Zeit öfters aufgesucht worden, da die Akten nach den letzten Morden überprüft und aktualisiert werden mussten. Jede der kleinen Schubladen enthielt ungefähr zwanzig Akten, von denen manche mehrere Seiten hatten. Ein Großteil der Informationen in diesen längeren Dokumenten war schon vor Jahrhunderten gesammelt worden und folgte den Nachfahren über Generationen hinweg bis zur Gegenwart. Die Originale waren auf Pergament geschrieben, aber diese Abschriften waren aus gewöhnlichem Papier. Viele Akten waren nicht mehr aktiv, da die Erblinie ausgestorben war. Von den aktiven gab es etwas über zweihundert und eine davon war Patrick O'Neills.

Lincoln erinnerte sich deutlich an die Details, aber er zog die Akte trotzdem heraus, um sie noch einmal zu lesen. Die Dokumentation besagte, dass Patrick O'Neill von einer übernatürlichen Familie aus Irland abstammte. Ihre Fähigkeit war nicht die Stärke, sondern das Bewegen von Objekten Kraft ihrer Gedanken. Es war die gleiche Fähigkeit, die auch Reginald Drinkwater besessen hatte. Als letzte bekannte Adresse von O'Neill führte die Akte New York auf, wo er sich der Zirkustruppe Barnum und Bailey angeschlossen hatte.

Der Zeitungsartikel gab an, dass „Die großartigste Show der Erde" für den Winter nach London gekommen war und bereits mehrere Shows im Olympia in Kensington aufgeführt hatte. Lincoln hatte die Ankündigungen gesehen, die die Hauptattraktionen beschrieben, inklusive Brutus. War es die Behauptung von „übermenschlicher Kraft", die den Mörder auf den Plan gerufen hatte, oder hatte sich jemand Zutritt zu den Archiven des Ministeriums verschafft und dort O'Neills Namen gefunden?

In letzterem Fall grenzte es die Liste der Verdächtigen massiv ein, und zwar auf eine Art, die Lincoln große Sorge bereitete. Vielleicht mochte und traute er den Komiteemitgliedern nicht, aber als Mörder hatte er keinen von ihnen eingestuft.

Andererseits waren die Morde von einem Mittelsmann

ausgeführt worden. Es war leichter, jemanden zu töten, wenn man nicht selbst abdrückte und lediglich am nächsten Tag in der Zeitung davon las. So wahrte man auch am besten die Anonymität, wenn das Schweigen des angeheuerten Schützen erkauft werden konnte.

Andere Vorfälle in der jüngsten Vergangenheit beschäftigten Lincoln ebenfalls, nicht nur die Morde. Wie zum Beispiel hatten die Komiteemitglieder erfahren, dass Charlie den Körper von Estelle Pearson wiederbelebt hatte? Spione natürlich, aber wer hatte die Spione angestellt? Lincoln hatte vor den Toren von Lichfield keine aufgespürt, aber vor dem Vorfall hatte er das nicht überprüft, erst danach, als er Verdacht geschöpft hatte. Wer hatte außerdem gewusst, dass Charlie regelmäßig Rosie ritt und ihren Sattelgurt angeschnitten? Vielleicht war das geraten, da Rosie die einzige kleine Stute im Stall war und es nur einen Damensattel gab.

Ob das Komitee involviert war oder nicht, blieb abzuwarten, aber wenigstens war Charlie jetzt aus dem Weg. Sie nach Norden zu schicken hatte dieses Dilemma gelöst, auch wenn es nicht sein Hauptgrund gewesen war, den Platz an der Schule für sie zu organisieren. Er hatte das getan, damit er wieder in Hochform arbeiten konnte, ohne Ablenkung oder Hinderung. Sie in der Nähe zu haben hatte seine Aufmerksamkeit völlig zerstört. Jetzt konnte er sich endlich wieder konzentrieren.

Die Tatsache, dass er *schon wieder* über sie nachdachte, entging ihm nicht. Aber diese Gedanken würden bald weniger werden, dessen war er sich sicher. Es war nur eine Frage der Zeit.

Er steckte O'Neills Akte zurück in die Schublade und wurde von Doyle auf der Treppe abgefangen, der außer Atem war und erleichtert schien, ihn zu sehen.

„Da sind Sie ja", sagte Seth, der von rechts den Flur entlangkam. Gus kam von links und beide bauten sich auf dem Treppenabsatz auf, als wollten sie ihren Arbeitgeber einkesseln. „Wo waren Sie?"

Seit wann fragten seine Männer ihn, wo er gewesen war? „Dachboden. Es gab einen weiteren Mord."

Gus und Seth fluchten beide, wobei die Ausdrücke so farbenfroh waren wie in der Zeit, bevor Charlie angekommen war. Der sehr gediegene Doyle blinzelte nicht einmal. Er presste seine Hand an die Brust und murmelte: „Grundgütiger. Werden Sie ermitteln, Sir?"

Lincoln hatte Doyle zuvor eingeweiht, dass er der Leiter einer geheimen Regierungsorganisation war, die bei Verbrechen ermittelte, die die Polizei nicht aufklären konnte. Den Teil bezüglich der Übernatürlichen hatte er ausgelassen. Es erklärte das Kommen und Gehen in Lichfield zu Genüge, ohne dem Mann unnötige Sorgen zu bereiten.

Lincoln nickte. „Seth und Gus, spannt die Kutsche an." Er ging an Seth vorbei zurück zu seinen Räumen. „Wir gehen in den Zirkus."

KAPITEL 2

*L*incoln war selten überrascht und niemals erstaunt, aber beim Anblick der Parade von Akrobaten, exotischen Tieren und anderen Schaustellern, die in die riesige Halle des Olympia zogen, war er nahe daran. Einige Schausteller fuhren in goldenen Streitwagen, andere saßen auf einem der dreizehn Elefanten, ritten Pferde und Kamele, während wieder andere Zebras führten, Affen trugen oder einfach tanzten und Saltos schlugen. Natürlich gab es keinen Muskelmann, aber die Menge flüsterte gedämpft und schockiert den Namen Brutus. Falls die Schausteller O'Neills Anwesenheit bei dieser ersten Show nach seinem Tod vermissten, ließen sie sich nichts anmerken. Die Gesichter lächelten strahlend.

Eine Blaskapelle führte die Parade an der Haupttribüne vorbei, auf der Lincoln und Seth zusammen mit Tausenden anderen saßen. Seths Kinnlade klappte herunter, während er das Spektakel bestaunte. Für einen so weltlichen Mann konnte er manchmal sehr kindlich sein.

„Da müssen Hunderte von Leuten involviert sein", hauchte Seth. „Mein Gott!" Er beugte sich vor und schielte auf ein großes Glasbecken, das auf einem von Pferden gezogenen Karren vorbeikam. In dem Becken war Wasser und eine Frau. „Ist das eine Meerjungfrau?"

„Nein", sagte Lincoln. „Meerjungfrauen gibt es nicht."

Seth lehnte sich mit einem *Hmpf* zurück. „Spielverderber."

Lincoln sah davon ab, Seth zu rügen, dass er es bei seiner Bildung besser wissen sollte. Offenbar schlossen sich eine gute Bildung und Leichtgläubigkeit nicht gegenseitig aus.

Die Menagerie teilte sich auf und füllte die drei Manegen und zwei Bühnen. In einem Ring zeigten Trickreiter ihr Können, in einem anderen turnten Akrobaten, im dritten hoben die Elefanten synchron ihre linken Vorderbeine, während auf den beiden Bühnen eine Vaudevilleshow und ein Ballett aufgeführt wurden.

„Ich weiß gar nicht, wo ich hinschauen soll", sagte Seth, dessen Blick zwischen den einzelnen Vorführungen hin und her sprang.

„Das ist der Trick", sagte Lincoln.

„Was?"

Er klang abgelenkt, aber Lincoln erklärte es trotzdem. „Bei so vielen Vorführungen auf einmal ist es unmöglich, alles zu sehen. Du gehst heute hier raus und willst wiederkommen, um all die Dinge zu sehen, die du verpasst hast. Auf dem Weg nach draußen kaufst du gleich noch ein Ticket für morgen."

„Oder du beschaffst dir eins, so wie Sie." Seth grinste ihn an, doch das Grinsen verwelkte schnell und er wandte sich wieder der Show zu.

Lincoln war bereit gewesen, für die Eintrittskarten zu bezahlen, aber anscheinend wollte ganz London den berühmten Barnum und Bailey Zirkus sehen und die Vorstellung war ausverkauft. Lincoln hatte einem vorbeigehenden Gentleman schlicht die Tickets aus der Tasche gestohlen.

Seth applaudierte zusammen mit dem Publikum, als eine Luftakrobatin in kurzen Pluderhosen hoch in der Luft einen Salto schlug und das schwingende Trapez packte. „Charlie würde es lieben." Lincoln spürte, wie sich Seths Blick in ihn hineinbohrte. „Sie sollten Sie herbringen, wenn sie zurückkommt", fuhr er fort.

Lincoln machte sich nicht die Mühe, ihn zu korrigieren. Er schien nicht zu begreifen, dass Charlie nicht zurückkam, egal wie oft Lincoln ihm das sagte.

Lincoln stand auf und folgte dem Gang, weg von dem Spektakel. Er wartete nicht auf Seth, hörte aber seine Schritte hinter sich.

„Habe ich was Falsches gesagt?" Das Schmollen in Seths Stimme war genauso aufgesetzt wie die Vorstellungen in den Manegen.

Lincoln ballte seine Hand zur Faust. Seth zu schlagen wäre nicht schlau, wenn er sich im Olympia unauffällig bewegen wollte. Vielleicht würde er ihm später, wenn sie ihre Ermittlungen abgeschlossen hatten, einen Trainingskampf anbieten, um etwas Spannung abzubauen. Sie mussten sich beide abreagieren.

Gemeinsam umrundeten sie das riesige Olympia-Theater. Die meisten Zuschauer saßen drinnen, sodass die Nebenattraktionen etwas Zeit für sich hatten und nicht in ihren Ständen bleiben mussten. Niemand beachtete Lincoln und Seth, obwohl Seth die merkwürdigen Schausteller unverhohlen anstarrte.

„Haben Sie das Mädchen gesehen?", flüsterte er. „Sie hatte zwei Köpfe!"

Lincoln hatte nicht den Eindruck, dass er eine Antwort erwartete, also gab er keine.

„Meine Güte, der Mann da hat drei Beine." Einen Moment später machte Seth ein entsetztes Geräusch. „Ich habe ja schon viele haarige Frauen gesehen, aber die schießt echt den Vogel ab. Glauben Sie, das ist einfach ein Mann, der als Frau verkleidet ist?"

„Frag sie nach Beweisen."

„Meinen Sie, es macht ihr was aus?"

Lincolns Blick glitt zu Seth hinüber, um zu sehen, ob er das ernst meinte. Seth verzog keine Miene. Es schien, als wäre ihm nicht klar, dass Lincoln einen Witz gemacht hatte.

Nach einigen Augenblicken der Stille, in denen er weiter die Zirkusleute anstarrte, sagte Seth schließlich: „Wenn der dürre Mann und die fette Dame zusammen Kinder bekommen, glauben Sie, die wären normal oder entweder dick oder dünn?"

Über die Logistik eines solchen Unterfangens Witze zu machen, war sinnlos, wenn Seth nicht darüber lachte, obwohl Lincoln einige Kommentare einfielen, die Charlie mindestens zum Grinsen gebracht hätten.

Er suchte weiter nach dem Nachbarn des Muskelmanns, Lionel, das Löwengesicht. Morgens während eines kurzen Besuchs in der Unterkunft, wo das Opfer tot in seinem Zimmer aufgefunden worden war, hatte Lincoln mit angehört, wie die Vermieterin der Polizei den Namen des Mieters genannt hatte, der das Nebenzimmer bewohnte. Um sich näher umzusehen oder mit ihr zu reden, waren zu viele Polizisten durch das Haus gekrochen. Lincoln würde später in der Nacht zurückkehren und gründlicher nachforschen.

In der Zwischenzeit konnte er den löwengesichtigen Mann befragen. Sie fanden ihn in einem Zelt im hinteren Teil des Olympia-Geländes, wo er Tee trank und sich mit einem anderen Mann mit schuppiger Haut am Hals und im Gesicht unterhielt. Sie waren gegen die Kälte in Wollmäntel gehüllt, aber keiner der beiden trug einen Hut oder Handschuhe. Lionel war in der Tat von echtem Haar bedeckt, das aus seiner Haut wuchs. Die Farbe war ein sanftes Gold-Braun, wie auf seinem Kopf, und es bedeckte jeden Zentimeter seines Gesichts, mit Ausnahme der Augen und des Mundes. Löwe war eine passende Beschreibung.

„Sie reden mit ihm", flüsterte Seth. „Ich warte hier."

„Er sieht aus wie ein Löwe, benimmt sich aber nicht wie einer."

„Woher wollen Sie das wissen? Haben Sie schon mal einen löwengesichtigen Mann getroffen? Und der andere Kerl sieht aus wie eine Eidechse." Seth schüttelte sich. „Das ist nicht normal."

Lincoln blieb stehen und baute sich vor seinem Angestellten auf. „Du kommst mit. Vielleicht wirst du gebraucht."

Seth trat einen Schritt zurück. Alarmiert? „Wofür?"

„Reden." Leute fanden Seth charmant. Er war gut darin, die Stimmung zu lockern, was bei der Befragung von Zeugen hilfreich sein konnte. In diesem Fall bezweifelte Lincoln allerdings, dass Seths Charme funktionieren würde, wenn er sich so unwohl fühlte.

Lincoln ging auf die beiden Männer zu. Sie beobachteten ihn misstrauisch, förderten ihn aber nicht heraus. „Sind Sie Lionel?" Er wünschte, die Vermieterin hätte seinen Nachnamen erwähnt, aber Lionel war alles, was Lincoln gehört hatte.

Lionel nickte verhalten. „Eigentlich heiße ich Ira. Ira Irwin. Lionel ist ein Künstlername."

„Wer sind Sie?", schnappte der Eidechsenmann.

„Wir sind Privatermittler. Mr Barnum und Mr Bailey haben uns engagiert, um O'Neills Mörder zu finden", sagte Lincoln.

„Ist dafür nicht die Polizei zuständig?"

„Die Polizei in England ist nicht sehr effektiv."

Irwin schnaubte. „Klingt wie die in Amerika."

„Also hat Bailey Sie angeheuert, was?" Die Brauen des Eidechsenmanns hoben sich. Aus der Nähe konnte Lincoln erkennen, dass er keine echten Schuppen im Gesicht hatte, sondern eine komplexe Tätowierung, die wie Schuppen wirkte. „Kann mir nicht vorstellen, dass der für einen von uns Missgeburten Geld locker machen würde."

„Er will den Mörder dingfest machen und ihn seiner gerechten Strafe zuführen."

Jetzt schnaubten sowohl Irwin als auch die Eidechse. „Sie meinen, er möchte irgendwie daran verdienen", sagte die Eidechse.

Eine sanfte Brise strich durch die Zeltöffnung und bewegte die Haare auf Irwins Gesicht wie Gras auf einer Wiese. „Also wollen Sie mir ein paar Fragen stellen?", fragte er mit seinem breiten amerikanischen Akzent. „Ich kann Ihnen nur sagen, was ich der Polizei schon gesagt habe. Vor dem Schuss habe ich nichts gehört. Er hat mich geweckt und meinen Puls hochgejagt. Habe ein paar Augenblicke gebraucht, um raus zu knobeln, was das war. Dann bin ich aufgestanden und habe nachgeschaut. Der Flur war erst leer, dann kam Mrs Mather, die Vermieterin, dazu und noch einige andere Artisten, die dort wohnen. Als wir alle versammelt waren, fiel uns auf, dass O'Neill nicht da war, also haben wir bei ihm geklopft. Er hat nicht geantwortet, also sind wir rein und haben gesehen ..." Er verzog seine haarige Nase. „Überall war Blut und sein Gesicht war zerfetzt."

Die Eidechse legte eine Hand auf Irwins Schulter. Beide Männer senkten die Köpfe.

„Dauernd sehe ich die Szene vor mir", fuhr Irwin fort, seine Stimme dünn und angespannt. „Das ganze Blut und Teile vom

Gehirn überall verteilt. Ich beneide Mrs Mather nicht darum, das wegzuputzen."

„Haben Sie irgendwelche anderen Geräusche gehört, entweder davor oder direkt danach?", fragte Lincoln.

„Wie schon gesagt, davor habe ich geschlafen. Danach habe ich vielleicht Schritte gehört, die weggerannt sind, bin mir aber nicht sicher. Ich habe noch überlegt, was mich geweckt hat."

„Hatte O'Neill Feinde innerhalb des Zirkus?", fragte Seth. „Jemand, der ihm vielleicht schaden wollte?"

„Nein!", rief die Eidechse. „Wir sind hier wie eine Familie, sogar die Normalos."

„Er war keine Missgeburt?"

„Er war normal, genau wie Sie, nur extrem stark."

„Gab es irgendwelche Tricks bei seinen Kraftdemonstrationen?", fragte Lincoln. „Versteckte Drahtseile und Flaschenzüge?"

„Nein", sagte Irwin und klang beleidigt. „Er war so echt wie ich." Er packte eine Handvoll Haare auf seiner Stirn und zog. Sie lösten sich nicht.

Seth schluckte hörbar. „Wir glauben Ihnen", sagte er schnell. „Versuchen nur, die Fakten klarzustellen. Ihnen fällt also niemand ein, dem er unrecht getan hätte?"

„Nein", sagte die Eidechse, während Irwin den Kopf schüttelte.

„Was ist mit Frauen?", fragte Lincoln.

„Was soll mit denen sein?", fragte Irwin zurück.

„Kamen welche mit in sein Zimmer?"

„Gelegentlich." Er schaute die Eidechse an.

Die nickte. „Erzähl ruhig. Wenn es hilft, den zu finden, der das getan hat."

„Manchmal hat er sich mit einer der Tänzerinnen getroffen", sagte Irwin. „Ich konnte sie durch die Wand hindurch hören."

„Ihr Name?"

„Weiß ich nicht. Sie ist Polin, glaube ich."

„Ela", sagte die Eidechse.

„Woher weißt du das?"

Die Eidechse zwinkerte ihrem Freund zu. „Hab sie gefragt."

Irwin blinzelte. „Oh. Klar."

„Sie ist sehr schön", fuhr die Eidechse fort. „Sie hat Haare schwarz wie die Nacht und Haut wie Milch. Wenn Sie warten, bis die Tänzerinnen ihre Show beendet haben, sehen Sie sie. Sie ist die hübscheste und hat die beste Figur." Seine Zunge zuckte heraus und leckte über seine Unterlippe. Lincoln fragte sich, ob er wusste, dass er dadurch noch mehr wie eine Eidechse wirkte. Vielleicht tat er es deswegen.

„Danke." Lincoln verließ das Zelt.

Kurz darauf schloss Seth zu ihm auf. „Das war interessant", sagte er. Als Lincoln nicht antwortete, holte er weiter aus. „Vielleicht hat der Mörder den Muskelmann gar nicht wegen seiner übernatürlichen Fähigkeiten getötet. Vielleicht war es Irwin. Haben Sie bemerkt, wie er über die Tänzerin gesprochen hat? Ich wette, er war in sie verliebt, aber sie hat ihn wegen eines besser aussehenden Mannes abgewiesen. Als Irwin sie mit O'Neill gesehen hat, hat er ihn aus Eifersucht umgebracht."

Lincoln schüttelte den Kopf. „Sein Bericht der letzten Nacht war nicht erfunden."

„Woher wissen Sie das?"

„Tue ich einfach." Lincolns hellseherische Sinne waren vielleicht nicht sonderlich stark ausgeprägt, aber er konnte manchmal sagen, wenn er angelogen wurde, wenn auch nicht immer. Irwin war, was Lincoln „lesbar" nannte. Der Mann hatte nicht gelogen.

Trotzdem konnte Seth recht haben. Der Tod des Muskelmanns musste nicht zwangsläufig etwas mit seinen übernatürlichen Fähigkeiten zu tun haben. Es sollte nicht allzu schwierig sein, herauszufinden, ob ihn jemand aus Eifersucht töten wollte.

„Suchen wir jetzt Ela, die Tänzerin?", fragte Seth, der mit ihm Schritt hielt.

„Ja."

„Gut."

Lincoln verdrehte die Augen, aber Seth schaute nach vorn und konnte es nicht sehen.

Sie gingen zurück ins Hauptgebäude, wo zwei Männer den Hintereingang bewachten und Neugierige weiterschickten. Applaus drang von innen heraus und eine Band stimmte eine fetzige, schrille Melodie an.

„Du übernimmst den Kleineren", sagte Lincoln zu Seth.

Seth packte seinen Ärmel. Lincoln starrte ihn wütend an, bis er ihn losließ. „Sind Sie wahnsinnig?", zischte Seth. „Es ist helllichter Tag! Wir werden gesehen."

„Zieh deine Hutkrempe tiefer."

„Das ist alles? Das ist Ihr Verkleidungsvorschlag?"

Lincoln rückte seinen Hut zurecht und schlug den Mantelkragen hoch.

Er ließ Seth stehen und wanderte hinüber zu dem kräftigeren der beiden Wachmänner. Der Nacken des Mannes quoll über seinen Kragen und seine Augen verschwanden beinahe in der umgebenden Fettmasse.

„Der Bereich hier ist gesperrt", sagte der Mann. „Gehen Sie weiter."

Mit einer minimalen Armbewegung ließ Lincoln das Messer in seine Hand rutschen, das in seinem Ärmel verborgen war. Er zeigte es dem Wachmann. „*Sie* gehen, oder ich werde Sie töten."

Seth hatte beschlossen, mitzumachen, und schlich sich von hinten an den anderen Kerl heran. Er musste ihm sein Messer in den Rücken gedrückt haben, denn der taumelte nach vorn. „Niemandem geschieht etwas, wenn ihr jetzt geht", sagte Seth zu seinem Mann. „Wenn nicht, gibt es Chaos und ich glaube nicht, dass eure Chefs sich über miese Publicity freuen."

Die beiden Männer sahen sich an, bewegten sich jedoch nicht. Sie wirkten nicht sonderlich schlau. Den Dummen musste man in der Regel die Entscheidung abnehmen. Lincoln stach mit dem Messer, woraufhin der große Kerl erstaunlich flink zurücksprang und laut fluchte.

Lincoln tauchte nach rechts weg, als der Wachmann ihn zu schnappen versuchte, änderte die Richtung und stand plötzlich hinter ihm. Er drückte das Messer gegen den Rücken des Mannes, wie Seth es mit seinem Gegner getan hatte. Lincoln registrierte durchaus, dass sein Angestellter eine bessere Taktik gewählt hatte als er. Er drückte fester und durchstach die Kleidung bis zur Haut. Die Musik kam näher. Sie hatten keine Zeit für Verzögerungen.

„Zum Wagen", sagte er und schob den Wachmann zu einem kleinen, knallroten Wagen, der mit goldenen Löwen, Meerjungfrauen und Tigern bemalt war. Lincoln hatte ihn bei der Parade gesehen. „Rein da."

„Wir wollen nur mit einem der Mädchen reden", sagte Seth, während er seinen Wachmann ebenfalls vorwärts drängte. „Weder ihr noch sonst jemandem wird Leid zugefügt."

„Warum schmiert ihr uns dann nicht einfach?", fragte sein Wachmann. „Wir machen ständig Treffen zwischen den Mädels und den feinen Schnöseln aus."

„Ist das so?", knurrte Seth, zweifelsohne Lincoln zuliebe. „Wie viel?"

„Für euch zwei Pfund pro Nase."

„Das ist blanker Raub! Wir wollen nur reden."

„Das sagen sie alle."

„Eins", sagte Lincoln. „Oder wir machen das auf unsere Art." Er ließ seinen Kerl los, blieb aber in Habachtstellung, bereit anzugreifen.

Der Mann hielt lediglich die Hand auf. Als Lincoln sich nicht bewegte, bezahlte Seth ihn.

Alle vier kehrten zu den Türen zurück. Eine Gruppe aufgeregt grinsender Kinder kam heran. „Verzieht euch", sagte der Wachmann mit dem Stiernacken. „Ihr habt hier hinten keinen Zutritt."

„Wir wollen doch nur gucken", sagte ein blonder Junge mit Sommersprossen.

„Ich hab gesagt, verzieht euch!" Der Wachmann hob die Hand, aber Lincoln fing sie ab.

Die Kinder trollten sich und Lincoln ließ los.

„Ich hätte den nicht geschlagen", murmelte der Wachmann. „Wollte ihn nur einschüchtern."

Die Türen gingen auf und Schausteller purzelten in den Wintersonnenschein. Etwas weiter weg nutzten die Tiere mit ihren Führern einen unbewachten Ausgang.

„Kennen Sie Ela, die Tänzerin?", fragte Lincoln den Wachmann.

Der Blick des Mannes wurde schmal. „Sind Sie ein Lord?"

„Nein."

„Reich?"

Lincoln sah ihn nur an.

Der Wachmann zog die Oberlippe hoch. „Sie haben keine Chance bei Ela, wenn Sie weder ein Lord noch reich sind."

„Da habe ich was anderes gehört."

„Oder ein Muskelmann", fügte der Wachmann mit einem Glucksen hinzu, sodass das Fleisch an seinem Hals wabbelte wie Wackelpudding.

Lincoln beobachtete die Reihe der Akrobaten, die mit weißen Strumpfhosen und tief ausgeschnittenen roten Kostümen bekleidet waren, die wie altertümliche Pluderhosen bis zur Mitte des Oberschenkels reichten.

„Hatte Ela regelmäßige Liaisons mit einem der anderen Schausteller?", fragte Lincoln den Wachmann.

„Warum wollen Sie das wissen?"

„Wir sind Privatermittler, die den Tod von Patrick O'Neill untersuchen. Die Polizei hier in England ist nutzlos und Ihre Arbeitgeber wollen den Mörder finden." Wenn die Geschichte einmal funktioniert hatte, würde sie es wieder tun.

So war es. Der Wachmann nickte zustimmend. „Gut. Freut mich, dass mal jemand was für die Schausteller tut." Er strich sich über sein kräftiges Kinn. „Sie war mit sonst keinem zusammen, soweit ich weiß, nur mit dem Muskelmann. Außerhalb des Zirkusses gab es natürlich andere."

„Lords oder reiche Männer?"

„Beides."

„Haben Sie Namen?"

„Nein." Seine Hand schoss vor und packte den Arm eines Mädchens, das vorbeilief—ein hübsches, dunkelhaariges Mädchen mit winziger Taille und großer Oberweite, die von dem spärlichen Kostüm kaum bedeckt wurde. „Der Gentleman hier will mit dir reden, Ela."

Ela sagte den anderen Tänzerinnen, dass sie sich später treffen würden, nachdem sie herausgefunden hatte, ob „dieser hier" es „wert war". Sie sprach Polnisch, eine Sprache, mit der Lincoln vertraut war.

Sie schenkte ihm ein strahlendes Lächeln, das noch strahlender wurde, als Seth sich zu ihnen gesellte. „Zwei gut ausse-hende Gentlemen?", sagte sie mit starkem Akzent. „Was bin ich für ein Glückspilz."

„Wir möchten mit Ihnen sprechen", sagte Lincoln.

Seth hielt die Hand hoch, um ihn zum Schweigen zu bringen, und Lincoln biss die Zähne zusammen. „Meine Liebe", sagte Seth und setzte sein Lächeln ein. „Ela, nicht wahr?"

Sie nickte. „Und Sie sind?"

„Lord Vickers." Er nahm seinen Hut ab und verbeugte sich tief.

Das Mädchen hielt ihm ihre Hand hin und Seth küsste sie. „Ich freue mich, Sie kennenzulernen, Lord Vickers. Hat Ihnen und Ihrem Freund unsere Vorstellung gefallen?"

„Sehr sogar. Sie haben wunderbar getanzt. So anmutig! So elegant!"

„Danke, Sie sind sehr freundlich." Sie legte eine Hand auf ihre Hüfte und schlug die stark geschminkten Augenlider nieder. Angesichts der Koketterie richtete Seth sich auf.

„Wir haben einige Fragen an Sie bezüglich des Todes von Mr O'Neill", sagte Lincoln.

Alles an ihr veränderte sich plötzlich, vom selbstbewussten Auftreten bis hin zu ihrer Gesichtsfarbe. Es war, als würde ihre Lebenskraft aus ihr herausströmen. Ihre Unterlippe bebte und sie biss darauf. Falls es gespielt war, konnte Lincoln keine Lüge entdecken.

Mit einem Rucken ihres Kopfes führte sie sie von den Mithörern weg. „Warum stellen Sie Fragen über Patrick?"

Lincoln wiederholte seine Geschichte. „Hatte er Feinde im Zirkus?"

Sie schüttelte den Kopf. „Jeder mochte Patrick. Er war freundlich, gut."

„War er hier Ihr einziger Liebhaber?"

Seth schüttelte den Kopf und murmelte etwas, das Lincoln nicht hören konnte. Er ignorierte ihn.

Ela schnappte nach Luft und legte die Hand auf ihre Brust. „Ich finde Ihre Frage sehr unverschämt, Sir."

„Beantworten Sie sie einfach. Bitte."

Sie presste die Lippen aufeinander. „Ich hatte keinen anderen Zirkusliebhaber, nur ihn. Ich weiß, warum Sie das fragen, und ich glaube, dass Sie falschliegen. Keiner im Zirkus würde Patrick töten. Keiner. Wir sind wie eine Familie."

„Was ist mit jemandem außerhalb des Zirkusses? Hatte einer Ihrer englischen Freunde etwas dagegen, dass Sie einen anderen Liebhaber hatten?"

Sie verschränkte die Arme unter ihren Brüsten und drückte sie nach oben. Seth verlagerte sein Gewicht. „Niemand außerhalb wusste von Patrick und mir", sagte Ela.

„Sind Sie sicher?"

„Ich kann mir nicht sicher sein, nein." Sie studierte ihre lackierten Fingernägel und Lincoln wartete darauf, dass sie weitersprach. Sie hatte noch etwas zu sagen, dessen war er sich sicher. „Es gibt einen Mann, der ist, wie sagt ihr? Aufdrängen?"

„Aufdringlich", sagte Seth.

„Ja, aufdringlich. Er verlangt, mich jeden Abend nach der zweiten Show zu sehen und will, dass ich bis morgens in seinem Haus bleibe. Aber das kann ich nicht. Ich muss schlafen, und Mr Bailey wäre sehr ärgerlich, wenn er es herausfände. Patrick auch, wenn er es wüsste", fügte sie mit einem stillen Seufzen hinzu. „Armer Patrick."

„Haben Sie ihn geliebt?", fragte Seth.

„Bah! Liebe ist für reiche Mädchen, nicht arme. Ich mag Patrick, aber er ist—war—ein Zirkusmann und ich will nicht mein ganzes Leben im Zirkus verbringen."

„Hätte Ihr aufdringlicher Gentleman-Freund Sie aus diesem Leben gerettet?"

„Nein. Er war ein Lord oder Sohn eines Lords. Mich kann man nicht heiraten, jedenfalls sagt er das. Er heiratet nur englisches Mädchen." Sie fluchte auf Polnisch. Es gab keinen entsprechenden Ausdruck auf Englisch, aber es war ein Wort, das Lincoln nicht mit zarten Tänzerinnen assoziierte.

„Glauben Sie, er wusste von Ihrer Beziehung zu O'Neill?", fragte Lincoln.

„Nein. Ich habe ihm gesagt, er ist der Einzige. Das ist besser so."

Es bedeutete nicht, dass er es nicht herausgefunden hatte. „Der Name dieses Mannes?"

Sie biss sich wieder auf die Lippe und Seth musste sie sanft umgarnen, um sie zum Reden zu bringen. „Andrew. Andrew Buchanan."

KAPITEL 3

eder Andrew Buchanan noch seine Stiefmutter Julia waren in Harcourt House, also instruierte Lincoln Gus, nach Lichfield weiterzufahren. Sobald sie in die lange, geschwungene Einfahrt einbogen, wurde klar, warum niemand in Harcourt House zu Hause war—Julias Kutsche stand hinter denen der Lords Gillingham und Marchbank sowie General Eastbrooke.

„Soll ich umdrehen, Sir?", rief Gus über das Rumpeln der Wagenräder.

„Fahr weiter", sagte Lincoln. Er musste sich den Komiteemitgliedern früher oder später stellen. Es war überraschend, dass er sie längere Zeit nicht gesehen hatte—vor Charlies Abreise. Ihnen diese Nachricht zu übermitteln würde ... interessant werden.

Gus hielt neben den anderen Kutschen an, sodass Lincoln durch die Haustür eintreten konnte, was er selten tat. Doyle begrüßte ihn und teilte ihm mit, dass die Besucher im neu eingerichteten Salon oben warteten anstatt in dem kleineren Empfangszimmer unten.

„Sie bestanden darauf zu bleiben, Sir." Doyle hielt seine Stimme gesenkt und nahm Lincolns Mantel und Handschuhe.

„Bringen Sie Tee", sagte Lincoln.

„Tee wurde serviert, Sir."

Lincoln ging hinauf in den Salon. Seit die neuen Möbel aus

Frankreich eingetroffen waren, hatte er ihn nur einmal betreten. Er mied den Raum. Die neuen Stücke waren von Charlie während ihrer kürzlichen Parisreise ausgewählt worden und er sah in allem ihre Handschrift. Wenigstens würde er diesmal von den Komiteemitgliedern und ihrem unvermeidlichen Kreuzverhör abgelenkt sein.

„Endlich!", grummelte Gillingham. „Wir haben eine halbe Ewigkeit auf Sie gewartet."

„So lang war es nun auch nicht, Gilly", rügte der General. Er begrüßte Lincoln mit einem knappen Nicken.

Lincoln antwortete in gleicher Manier. So begrüßten sie sich, seit Lincoln denken konnte.

Lord Marchbank saß neben Julia auf dem Sofa, am weitesten vom knisternden Feuer entfernt. Seine Begrüßung war ein schlichtes: „Tag, Fitzroy." Von allen Komiteemitgliedern war er derjenige, den Lincoln respektierte. An ihm war nichts Falsches, keine Heuchelei oder verdeckte Ziele. Er gab vernünftige, prägnante Kommentare ab, wenn er etwas zu sagen hatte, und hielt sich zurück, wenn nicht. Er war barsch, ehrlich und schätzte die, die ihm gegenüber ebenfalls ehrlich waren.

Julia war in jeder Hinsicht sein genaues Gegenteil. Von ihren perfekt frisierten Haaren bis hin zu ihren glänzenden schwarzen Stiefeln war sie ganz die Lady. Heute trug sie Perlenohrringe und eine passende Perlenkette, die sie dreimal um ihren schlanken weißen Hals geschlungen hatte. An ihren Fingern prangten mehr Ringe als bei der Queen und eine perlenbesetzte Schmetterlingsbrosche bedeckte fast den gesamten Aufschlag ihrer Jacke. Für den Alltag war es viel zu dick aufgetragen. Während er weit davon entfernt war, ein Experte für die Natur der Frau zu sein, wusste er etwas über das Verhalten im Tierreich. Ihr auffälliger Schmuck war möglicherweise ein Versuch, seine Aufmerksamkeit zu erlangen, oder die Frau in den Schatten zu stellen, die sie als ihre Rivalin ansah.

Die Frau, die durch Abwesenheit glänzte.

„Ist Charlie nicht bei dir?", fragte Julia und schielte an ihm vorbei zur Tür.

Er wappnete sich. „Sie ist weg."

Julias Atem setzte kurz aus. Ihre Augen weiteten sich einen

Hauch, während sie erneut an ihm vorbei zur Tür schaute, als würde sie erwarten, dass er scherzte.

„Weg?", wiederholten sowohl Marchbank als auch Eastbrooke.

„Was soll das heißen, weg?", sagte Gillingham. „Wohin?"

„Sie wohnt nicht länger hier." Lincoln nahm auf einem Stuhl am Fenster Platz, wo es am kältesten war. Der Salon war größer als das Empfangszimmer und nicht einmal ein prasselndes Feuer wärmte den gesamten Raum. Es war das erste Mal, dass er mehr als ein paar Augenblicke darin verweilte, und es gefiel ihm jetzt schon nicht. Er konnte nicht genau sagen, warum.

„Wo ist sie jetzt?", fragte Eastbrooke.

„Das ist nicht Ihre Sache", sagte Lincoln.

Wie er vermutet hatte, war Gillinghams Protest der lauteste und beinhaltete eine feuchte Aussprache. „Das ist es ganz sicher! Wir sind das Komitee. Es ist unser Recht, alles zu erfahren, was im Ministerium vor sich geht, inklusive dem Aufenthaltsort eines der gefährlichsten Übernatürlichen."

Lincoln machte sich nicht die Mühe, zu antworten. Wenn er jetzt ging, würden sie ihn verfolgen? Wahrscheinlich.

„Dem stimme ich zu", sagte der General und stand auf, um seine Überlegenheit zu demonstrieren. Er hatte schon immer gern seine körperliche Kraft auf die eine oder andere Weise zur Schau gestellt. Gegen Lincoln kam er nicht mehr an und konnte es auch niemandem mehr befehlen, aber das hatte ihn nie davon abgehalten, Lincoln kontrollieren zu wollen. Dass er das nicht mehr konnte, war dem Mann noch nicht klar geworden. Eines Tages würde ihn das sehr schockieren. Auch die anderen Komiteemitglieder hatte er nicht mehr wirklich im Griff.

„Warum willst du es uns nicht sagen?", fragte Julia ganz unschuldig. „Wir machen uns um ihre Sicherheit genauso viel Sorgen wie du."

Er kannte sie gut genug, um zu wissen, dass sie log. Merkten die andere es oder verstand er sie besser, weil er den Fehler gemacht hatte, mit ihr intim zu werden?

„Ist sie in London?", fragte Gillingham, als Lincoln noch immer nicht antwortete.

„Sie ist nicht in Lichfield. Das ist alles, was Sie wissen müssen."

Gillingham knallte das Ende seines Spazierstocks auf den Boden. „Verdammt, Mann! Wir müssen informiert werden."

„Nein, müssen Sie nicht."

Gillingham fluchte, wobei er Julias Anwesenheit völlig ignorierte. Nicht, dass es ihr auffiel oder etwas ausmachte. Sie hatte vermutlich schon Schlimmeres gehört. Sie hatte auf jeden Fall schon Schlimmeres gesagt. Wenn sie ihre noble Fassade ablegte, hatte sie ein ziemlich schmutziges Mundwerk.

Eastbrooke setzte sich mit einem lauten Schnalzen wieder hin, aber er protestierte nicht und forderte auch keine weiteren Informationen. Er wusste von allen am besten, wie sinnlos es war, Lincoln zu beschimpfen oder ihm gut zuzureden, zu betteln oder ihn austricksen zu wollen, wenn er einmal einen Entschluss gefasst hatte. Als Lincoln noch ein Kind gewesen war, hatte seine Sturheit ihm Strafen eingebracht, die von Beleidigungen oder Isolation bis hin zu physischer Gewalt gereicht hatten, meistens von seinen Tutoren, aber manchmal auch vom General selbst, wenn er von seinen Militärkampagnen nach Hause kam. Selbst als Lincoln stark genug geworden war, um sich zu wehren, und seine Fähigkeiten die seiner Tutoren übertraf, hatte der General noch immer versucht, ihm auf die eine oder andere Art „etwas Verstand einzuprügeln". Er hatte schließlich damit aufgehört, Lincolns Sturheit brechen zu wollen, nachdem Lincoln einen seiner Tutoren namens Gurry getötet hatte.

„Behalten Sie Ihr Geheimnis, wenn Sie möchten", sagte Marchbank. „Ich bin nur froh, dass Sie endlich zur Besinnung gekommen sind."

Die anderen drei wandten sich an ihn und beschwerten sich wieder einmal, dass sie von der Entscheidungsfindung ausgeschlossen worden waren. Lincoln fragte sich, wer von ihnen wirklich wissen wollte, wohin er Charlie geschickt hatte, und wem es schlicht gegen den Strich ging, dass er ihre Autorität ausgehebelt hatte.

Es war Julia, die schließlich um Ruhe bat. Niemand sprach, während sie Tee in eine Tasse einschenkte und sie Lincoln reichte. Die perfekte Gastgeberin. Nur, dass es ihr nicht zustand, sich als Hausherrin aufzuführen.

Lincoln zog in Erwägung, die Tasse abzulehnen, aber das wäre albern.

„Hast du sie weggeschickt, oder ist sie von sich aus gegangen?", fragte sie.

„Das ist irrelevant." Charlie war weg, und das war alles.

Sie seufzte frustriert. „Es gibt keinen Grund für diese Geheimniskrämerei. Wir sind zufrieden, dass sie weg ist. Das wollten wir alle."

Er erinnerte sie nicht daran, dass es mindestens ein Mitglied gab, das Charlie lieber ganz eliminiert hätte. Er beobachtete Gillingham über den Rand seiner Teetasse, während er nippte. Der Feigling wurde rot und schaute weg.

Julia kehrte zum Sofa zurück und setzte sich auf die Kante, die Hände in den Schoß gelegt, ganz die gut erzogene Lady. Wenige kannten die Schlange, die unter dem respektablen, souveränen Äußeren lauerte. Lincoln kannte sie besser als jeder andere. Was er nicht wusste, war, wie viel ihrer Giftigkeit der Eifersucht auf Charlie geschuldet war und wie viel ihr zu eigen war. Jedes private Gespräch mit ihr seit Charlies Ankunft war zunehmend unangenehm geworden, je mehr sie ihre freundliche, respektable Maske hatte fallenlassen. Sie hatte sich ihm an den Hals geworfen, hatte ihn angefleht, ihn bedroht und einmal sogar versucht, ihm das Gesicht zu zerkratzen. Alles nur, weil er sich geweigert hatte, ihre Affäre wieder aufzunehmen. Schließlich, kurz bevor er und Charlie nach Paris aufgebrochen waren, hatte sie ihm ganz ruhig jeden Grund aufgeführt, warum er Charlie wegschicken sollte. Keinen dieser Gründe hatte er noch nicht überdacht. Zweifelsfrei würde Julia Charlies Verbannung als Sieg betrachten.

Er tippte gegen seine Tasse und zählte die Wellen auf der Oberfläche des Tees. Nach einer Weile hatte sich sein Ärger so weit beruhigt, dass er die jüngsten Ereignisse besprechen konnte. „Ich nehme an, Sie sind wegen des Todes hier, über den in den Morgenzeitungen berichtet wurde", sagte er. Als sie nickten, fügte er hinzu: „Ich habe bereits mit den Ermittlungen begonnen. Es ist unklar, ob dieser Tod mit denen von Drinkwater und Brumley in Verbindung steht—"

„Natürlich tut er das", fuhr Gillingham dazwischen. „Das muss er."

„Warum?"

„Er konnte Dinge Kraft seiner Gedanken bewegen, wie Drinkwater. Oder?"

„Das konnte er." Lincoln funkelte Gillingham wütend an in der Hoffnung, ihn dazu zu bringen, dass er sich verplapperte. Von allen Komiteemitgliedern ließ er sich am leichtesten einschüchtern. „Woher wissen Sie das?"

Gillingham schnaubte. „Ich habe in dem Zeitungsartikel über seinen Tod von seiner übermenschlichen Kraft gelesen. Niemand ist so stark."

„Da Drinkwater noch frisch im Gedächtnis ist", sagte der General, „ist es da verwunderlich, dass wir sofort dachten, O'Neill wäre übernatürlich? Ich hatte auch Zweifel an seinen Kraftakten."

„Ich habe seinen Namen aus den Archiven wiedererkannt", sagte Julia. „Nachdem ich es überprüft hatte, schickte ich eine Nachricht an alle, dass wir uns heute Nachmittag hier mit dir treffen."

O'Neill war wohl kaum ein einprägsamer Name, aber er hinterfragte sie nicht. „Wie ich schon sagte, ich habe bereits mit den Ermittlungen begonnen."

„Und?", fragte der General.

„Und es gibt noch nichts zu berichten."

Gillingham schnalzte mit der Zunge. „Kommen Sie, Mann, wir sind keine Feinde! Sie müssen uns erzählen, was Sie wissen."

„Das werde ich", sagte Lincoln gepresst, „sobald ich etwas herausgefunden habe."

Eastbrooke hielt die Hände hoch. „Also gut, also gut. Wir überlassen Ihnen das. Nein, Gilly", sagte er, als Gillingham protestierte. „Er hat es nie versäumt, uns über die Angelegenheiten des Ministeriums auf dem Laufenden zu halten."

„Die Nekromantin ist Ministeriumsangelegenheit und er hat es versäumt, uns über ihren Aufenthaltsort in Kenntnis zu setzen." Gillingham knallte wieder seinen Stock auf den Boden und schob sich auf die Füße. „Guten Tag, die Herren, Julia."

„Ich gehe ebenfalls", verkündete Marchbank und erhob sich.

Eastbrooke schloss sich ihnen an, nur Julia blieb zurück. Vermutlich wäre es unhöflich von ihm, sie zu bitten zu gehen.

„Du siehst sehr müde aus, Lincoln", sagte sie mit gerunzelter Stirn. „Liegt dir etwas auf dem Herzen?"

„Nein", log er.

„Ich bin froh, das zu hören." Sie lächelte. „Sicher sind jetzt viele deiner Probleme verschwunden." Sie kam zu ihm, ihre Schritte langsam und leichtfüßig, als würde sie über den Boden gleiten. Sie legte ihm eine Hand auf die Schulter. „Vielleicht bist du müde, weil du nicht gut schläfst."

„Das ist in der Regel ein Grund für Müdigkeit."

Ihre Hand bewegte sich von seiner Schulter zu seinem Nacken, wobei ihre Finger durch seinen Haaransatz strichen. Sie beugte sich herab, sodass die Wölbung ihrer Brust seine Wange streifte. „Vielleicht schläfst du nicht gut, weil du frustriert bist", flüsterte sie. „Ich habe ein spezielles Mittel gegen Frustration. Ein Mittel, das du früher sehr begehrt hast."

Ihr fehlgeleitetes Vertrauen in ihre Anziehungskraft wäre lächerlich gewesen, wäre es nicht so erbärmlich. Wie hatte er sie jemals attraktiv finden können? Jetzt fand er sie abstoßend.

Sie berührte seine Krawatte, um sie zu lösen, aber er fing ihre Hand ab. „Ich habe keinerlei Verlangen mehr nach diesem Mittel. Guten Tag, Julia."

Sie richtete sich auf und trat zurück. Tränen stiegen in ihre Augen, als ob seine Worte sie verletzt hätten, aber er konnte nicht sicher sagen, ob die Tränen echt oder falsch waren.

„Sie ist weg, Lincoln." Ihre normalerweise säuselnde Stimme wurde hässlich. „Eure kleine *affaire de coeur* ist vorbei."

Er trank seinen Tee so langsam und genüsslich, wie er konnte. Im Kopf zählte er die Sekunden.

„Ob du sie nun weggeschickt hast oder sie von sich aus gegangen ist, spielt keine Rolle. Sie ist weg und das ist das Beste. Du wirst sie ein paar Wochen vermissen, aber das geht vorüber und dann wirst du wieder ganz der Alte."

Ein paar Wochen. Er wollte sie fragen, ob sie das genauer

eingrenzen konnte, tat es aber nicht. Vielleicht sagte sie nicht einmal die Wahrheit. Soweit er es wusste, war sie noch nie ver—

Er ließ die Tasse zurück auf die Untertasse fallen und warf beides auf den Tisch neben sich. Sie klirrten und bekamen möglicherweise Sprünge, aber das war ihm egal. „Das reicht, Julia. Es ist Zeit, dass du gehst."

Sie presste ihre Hand auf ihre wogende Brust. „Ich—ich muss erst mit dir über etwas anderes sprechen. Etwas Persönliches."

„Noch persönlicher als das, was wir besprochen haben?"

Sie blinzelte. „Ja." Dann ging sie zu den Doppeltüren und schloss sie. „Ich will, dass du für mich mit Mr Golightly sprichst."

Lincoln richtete die Tasse auf und setzte sie auf die Untertasse. Der Rand hatte in der Tat einen Sprung. „Mit dem Inspizienten des Alhambra? Warum?"

Sie holte tief Luft und ließ sie wieder ausströmen. „Ich hatte mit ihm eine Vereinbarung, nachdem ich vor meiner Hochzeit meine Verbindungen zum Al gekappt habe. Er hatte mir versichert, dass keiner seiner Angestellten öffentlich eine Verbindung zwischen Lady Harcourt und der Tänzerin Miss D.D. herstellen würde. Nach Merry Drinkwaters jüngsten Drohungen, mich auffliegen zu lassen, mache ich mir Sorgen, dass er seinen Teil unserer Abmachung nicht einhält."

„Er kann nicht kontrollieren, was die Leute sagen, sobald sie nicht mehr bei ihm angestellt sind."

„Er sollte es versuchen!" Ihre Stimme hob sich zusammen mit ihrem Busen, während sie noch einmal tief Luft holte. „Oh Lincoln, sie hätte mich fast entlarvt."

„Fast, aber nicht ganz. Welch ein Glück, dass dir ein Arrangement eingefallen ist, das sie zufriedenstellt und ihr Schweigen sichert." Das Arrangement war die Entführung von Charlie und Gus gewesen, sodass Charlie den Geist von Mrs Drinkwaters totem, übernatürlichen Ehemann beschwören konnte. Diese dunklen Stunden, in denen Lincoln nicht gewusst hatte, wo Charlie war, nagten noch immer an ihm. Nie zuvor hatte er echte Furcht gekannt, bis zu dem Moment, als er erfahren hatte, dass sie entführt und möglicherweise getötet worden war. Das wollte er nie wieder durchmachen. Nachdem er Julias Beteiligung herausgefunden hatte, hatte er sie endlich als die selbstsüchtige Frau gesehen, die sie war. Es hatte ihn seine gesamte Selbstbeherrschung gekostet, sie nicht umzubringen. Ironischerweise hätte er diese Selbstbeherrschung nicht gehabt, wenn Charlie nicht daran geglaubt hätte, dass sie in ihm steckte.

„Bitte, Lincoln." Sie legte ihre Hände gegen seine Brust, hob ihr Kinn und blinzelte ihn mit tränennassen Augen an. „Bitte sprich mit Golightly und lass dir von ihm versichern, dass so etwas nie wieder passieren wird."

Er pflückte ihre Hände von sich ab und ließ sie los. „Das ist deine Angelegenheit, nicht meine. Rede selbst mit Golightly."

„Aber dann werde ich gesehen!"

„Dann schreib ihm einen Brief."

„Damit er oder diese grässliche Redding ihn behalten und gegen mich verwenden kann?" Sie biss sich auf die bebende Unterlippe und diesmal glaubte er, dass die Tränen echt waren. „Sie hat mich nie leiden können, das eifersüchtige Biest. Nicht sobald Andrew und ich ... nicht seit er anfing, mich zu beachten."

Er reichte ihr sein Taschentuch. „Wo wir gerade von Buchanan sprechen, weißt du von dem neuesten Interesse deines Stiefsohns?"

Sie stockte, vielleicht weil sie einen Moment brauchte, um sich auf den Themenwechsel einzustellen. „Interesse?"

„Ihr Name ist Ela."

Sie schluckte. „Oh. Diese Art von Interesse. Nein, ich weiß nichts von ihr." Sie hob das Kinn und streckte ihren Hals über den hohen Spitzenkragen. „Wer ist sie?"

„Eine Tänzerin beim Zirkus."

Ihr gebelltes Lachen enthielt keine Spur Humor. „Natürlich ist sie das."

„Du hast sie nicht in Harcourt House gesehen?"

„Gott, nein! Kein Gentleman bringt seine Geliebte nach Hause, wo alle Welt und die Dienerschaft sie sehen können. Das ist obszön."

Sie musste es ja wissen, da sie vor ihrer Hochzeit die Geliebte eines Gentleman gewesen war. Lincoln war sich nicht sicher, wie sie Lord Harcourt, Andrews Vater, dazu überredet hatte, sie zu heiraten, und er wollte es auch nicht wissen. Die Vereinbarung mit Golightly hatte ihr vermutlich sehr geholfen. Harcourt war ein respektabler, konservativer Adeliger gewesen—er hätte nicht gewollt, dass die Welt glaubt, er wäre einer Tänzerin verfallen. Die Tatsache, dass Julia die Tochter eines Schulmeisters war, hatte damals für genug Skandal gesorgt.

„Sie müssen sich irgendwo eingemietet haben." Sie ging von ihm weg, wobei ihre pflaumenfarbenen Röcke um ihre Knöchel schwangen. Mit den Fingern strich sie über die Rückenlehne des Sofas und drehte sich dann zu ihm um, den Rücken zum Feuer. Ihre Augen schienen zu glänzen, aber ob es nicht vergossene Tränen waren oder etwas anderes, wusste er nicht sicher. „Hast du diese Ela nur erwähnt, um meine Reaktion zu sehen, Lincoln? Bist du neugierig, ob ich auf sie eifersüchtig bin?"

Lincoln wusste, dass Julia und Andrew eine Affäre gehabt hatten, ehe sie Andrews Vater begegnet war. Ob sie die Affäre nach Lord Harcourts Tod fortgesetzt hatten, wusste er nicht so sicher, aber es würde ihn nicht wundern, wenn sie eine Vereinbarung hatten. Es wäre ein Leichtes, da sie beide im gleichen Haus wohnten und leidenschaftliche Züge besaßen, die keiner von beiden wirklich im Griff hatte. Aber zwischen ihnen bestand eine Spannung, die eine scharfe, grausame Seite an sich hatte. Lincoln kannte den Ursprung dieser Spannung nicht und verstand auch nicht, warum sie weiterhin zusammen unter einem Dach lebten, wenn sie sich nicht mochten. Ihre Beziehung war ihm ein Rätsel, wie so viele.

Sein mangelndes Verständnis schob er auf Defizite in seiner Erziehung. Er war in einer großen Bandbreite von Fächern unterrichtet worden, aber sein Mangel an Interaktion mit anderen Menschen bedeutete, dass er sich immer fühlte, als würde er durch ein Fenster zuschauen, das Gespräch auf der anderen Seite aber nicht hören können.

Charlie war gut darin gewesen, Leute zu verstehen. Die Jahre in den Banden auf der Straße hatten bei ihr Sinne geschärft, von denen Lincoln bezweifelte, dass er sie überhaupt besaß. Sie konnte bei anderen blitzschnell winzige Veränderungen der Stimmung ausmachen und Gesichtsausdrücke und Stimmlagen deuten. Sie wusste ihre Gefühle auszudrücken und das Beste aus den Leuten herauszulocken. Und manchmal das Schlimmste.

„Lincoln? Hörst du mir zu?"

Sein Blick ruckte zurück zu Julia. „Buchanan ist dein Stiefsohn", sagte er. „Warum solltest du auf seine neueste Liebelei eifersüchtig sein?" Es war nicht die schlaueste Bemerkung, die er an diesem Tag gemacht hatte, und ihre steife Haltung verriet ihm, was sie davon hielt.

Sie schniefte. „Liebelei ist in diesem Fall nicht ganz das richtige Wort. Ich ziehe Hure vor."

„Sie war auch O'Neill's Geliebte", sagte er.

„Ah. Das erklärt deine Fragen. Und ich dachte, du wolltest mich reizen."

„Das tue ich nicht."

Sie presste die Lippen aufeinander. „Ich bin mir sicher, diese Tänzerin ist nur eine vorübergehende Schwärmerei für Andrew, aber bitte, frag ihn doch selbst. Ich bin mir sicher, er würde deine Fragen gern beantworten."

Unwahrscheinlich.

„Weißt du, wie lange der Zirkus in London gastiert?", fragte sie.

„Bis Februar, so weit ich weiß."

„So lange?" Sie wandte ihm den Rücken zu und hielt ihre Hände ans Feuer. Ein paar Atemzüge später drehte sie sich wieder um und setzte ein Lächeln auf. „Ich werde bald einen Weihnachtsball abhalten. Ich möchte, dass du kommst."

„Ich bin zu beschäftigt."

„Ich habe dir noch kein Datum genannt. Abgesehen davon wird jeder da sein."

Etwas Ähnliches hatte sie gesagt, als sie ihn vor drei Monaten bei einem anderen Ball haben wollte. In dem Fall hatte sie die Anwesenheit des Prinzen von Wales wie eine Karotte vor seiner Nase baumeln lassen. Lincoln war nur dorthin gegangen, um den Mann zu sehen, der ihn gezeugt hatte. Es war das erste Mal gewesen, dass er mit dem Prinzen in einem Raum gewesen war, und hoffentlich auch das letzte. Mit ihm wollte er nichts mehr zu schaffen haben.

Julia trat zu ihm und nahm seine Hände. „Ich werde dir eine

Einladung schicken. So, was muss eine Frau tun, um eine Einladung zum Dinner in Lichfield zu bekommen?"

„Ich esse selten zu Zeiten, die sich für Gesellschaft eignen."

„Du bist jetzt hier. Wir könnten uns hier … oder woanders die Zeit bis zum Gong vertreiben."

„Ich habe zu arbeiten."

Sie schmollte. „Mach es doch nicht so schwierig, Lincoln." Sie strich über sein Kinn und wieder fing er ihre Hand ab.

„Guten Tag, Julia." Er zog an der Klingelschnur neben der Tür. Doyle musste sich in der Nähe aufgehalten haben, denn er erschien nur Sekunden später. „Begleiten Sie Lady Harcourt hinaus", sagte Lincoln.

Julia rauschte an ihm vorbei. Diesmal brauchte er niemanden, der den Gesichtsausdruck für ihn interpretierte. Die Haltung ihres Kinns und der diamantharte Blick gaben ihm genug Hinweise. Das, und ihr Schweigen.

* * *

PATRICK O'NEILL MUSSTE ein wertvolles Mitglied der Barnum und Bailey Truppe gewesen sein, um in Mrs Mathers Pension ein eigenes Zimmer zu bekommen. In anderen Zimmern lebten zwei, drei oder vier Mieter, die sich manchmal sogar das Bett teilten. Lincoln hatte in jeden Raum geschaut, um sich die Anordnung des Hauses einzuprägen, bevor er zu O'Neills Zimmer zurückkehrte und mit seiner Suche begann.

Auch wenn er am Tag zuvor nicht im Haus gewesen war, hatte er doch nahe genug bei dem Detective Inspector und Mrs Mather gestanden, um ihr Gespräch zu belauschen und zu beobachten, wie sie beide zum dritten Fenster von rechts im zweiten Stock geschaut hatten. Mithilfe von Fensterbänken und den Ecken der Fensterläden war es ein Leichtes gewesen, die Wand zu erklimmen, aber er hätte sich einen anderen Weg gesucht, falls das betreffende Fenster verschlossen gewesen wäre. Zum Glück war es offen, höchstwahrscheinlich um frische Luft in den Raum zu lassen, wo sich der Geruch des Todes unter dem ebenso beißenden Geruch von Karbolseife noch hielt.

Das Zimmer war kaum breiter als das Bett. Ein kleiner Tisch

war zwischen das Bett und die Wand gequetscht worden. Darauf war ein Kerzenstumpf fast bis zur Tischplatte niedergebrannt. Sonst gab es keine Lampen oder anderes Licht. Nicht das Lincoln sie benutzt hätte, wären sie vorhanden gewesen. Das durchs Fenster fallende Mondlicht reichte ihm. Das, und sein Instinkt.

Die Matratze war zusammen mit den Bettlaken entfernt worden, aber dunkle Flecken, die er für Blutflecken hielt, waren auf der geblümten Tapete hinter dem Bett erkennbar.

Lincoln arbeitete schnell und prüfte erst die beiden Schubladen der Kommode. Sie enthielten O'Neills persönliche Sachen —Kamm und Haaröl, einen Bartschneider, eine Bibel mit Rosenkranz, Tinte, Füller, Löschblatt und Papier. Vier auf dünnes Papier geschriebene Briefe steckten in der Ecke, alle nach der Ankunft der Truppe in London datiert und alle von Familienmitgliedern in Irland. Lincoln erkannte die Namen aus den Akten des Ministeriums. Er überflog den Inhalt, so gut er es im schlechten Licht vermochte, und fuhr mit den Fingerspitzen über die leeren Blätter, um Vertiefungen zu erspüren, wo ein Stift durch das darüber liegende Blatt gedrückt hatte. Nichts Brauchbares. Er blätterte durch die Bibel, aber nichts fiel heraus.

Als Nächstes nahm er sich den Reisekoffer vor, der am Fußende des Bettes verstaut war. Das Schloss war aufgebrochen worden, vermutlich von der Polizei, die nach Hinweisen suchte. Mondlicht glänzte auf der Goldfarbe eines breiten Gürtels, der an einem Kostüm befestigt war. Es war so spärlich, dass es O'Neills Körper kaum bedeckt hätte. Vermutlich sollte es die Muskulatur des Mannes zur Schau stellen und vielleicht das weibliche Publikum ansprechen. Es gab noch andere Kostüme, eines arabisch mit Pluderhosen, eins nur ein Lendenschurz aus Tierfell. Der Koffer enthielt außerdem ein Hemd, einen schweren Wollmantel, ein Paar Hosen und alte Stiefel. Sein bester Anzug mit Schuhen musste für die Beerdigung bei der Leiche sein. Falls er zum Zeitpunkt seines Todes ein Nachthemd getragen hatte, war es vermutlich beim Lumpensammler gelandet. Abgesehen von einem Buch mit irischen Balladen war der Koffer leer.

Lincoln durchwühlte Taschen und blätterte durch die Seiten des Buches. Er suchte überall und fand genau das, was er erwartet hatte—nichts. Kein Hinweis auf einen Streit oder einen Feind, Spielschulden, eifersüchtige Geliebte oder gehegten Groll. Es schien, als ob der Angriff auf O'Neill völlig aus der Luft gegriffen war.

Jemand im Nebenzimmer—höchstwahrscheinlich Ira Irwin—schnarchte. Lincoln hatte Zeit, alles noch einmal durchzugehen. Er suchte die Wände und Dielenbretter ab und trat in der Nähe der Tür auf eins, das knarzte. Stumm verfluchte er seinen dummen Fehler und lauschte. Alles schien still. Zu still. Irwin hatte aufgehört zu schnarchen.

Lincoln prüfte noch einmal eilig alle Briefe, Bücher und Papier und ging dann wieder zur Kleidung über. Draußen im Flur ließen ihn leichte Schritte innehalten. Da war jemand. Er sollte verschwinden.

Er musste allerdings auch sicherstellen, dass er nichts übersehen hatte. Schnell durchsuchte er alle Taschen, doch sie waren in der Tat leer. Auch in den Saum war nichts eingenäht.

Er schaute zur Tür, als noch ein Schritt erklang, so leicht, dass er sich fragte, ob er es sich nur eingebildet hatte. Ein weiser Mann wäre jetzt geflohen. Lincoln war heute jedoch nicht in der Stimmung, weise zu sein, so wie auch die letzten Nächte nicht. Abgesehen davon blieben nur noch O'Neills Stiefel. Er brauchte lediglich Sekunden.

Er öffnete die Schnürsenkel und steckte die Hand hinein, bis seine Finger bis zu den Spitzen erst des einen Stiefels, dann des anderen reichten.

Papier knisterte. Er zog es heraus, stand auf und hechtete durch das offene Fenster. Im gleichen Moment krachte die Tür gegen die Wand.

„Ich kann nichts sehen!", rief jemand.

„Eine Gestalt! Da! Klettert durchs Fenster!" Das war Irwin. „Schneid ihm unten den Weg ab."

Lincoln hielt sich am Fensterbrett fest und schwang nach links. Er erwischte das Fensterbrett von Irwins Fenster und zog sich hoch. Auf seinem Weg in O'Neills Zimmer hatte er mehr Zeit gehabt, seine Füße zu setzen. Glücklicherweise war das Gebäude auch hier ähnlich aufgebaut und er musste nicht viel nachdenken. Die Deckenhöhe des vierten Stocks war niedriger, sodass er die Dachrinne leicht erreichen konnte.

Dummerweise war er nicht schnell genug.

„Er ist nach oben!", rief Irwin.

Lincoln packte die Dachrinne und schwang sich von einer Hand zur anderen bis zum nächsten Gebäude, dessen Dach niedriger war. Er kletterte so leise wie möglich auf die Schindeln und lief zur Rückseite des Hauses, wo die Wand allerdings zu glatt war, um herunterzuklettern. Er rannte die steile, rutschige Steigung hinauf und schaute zurück zur Pension.

Jemand hatte den Mut, ihn zu verfolgen. Jemand, der schnell war und keine Höhenangst hatte. Ein Luftakrobat vielleicht.

Lincoln rannte weiter. Er sprang von Dach zu Dach und überquerte dabei schmale Gassen, wo es notwendig war. Aber er konnte so nicht ewig weitermachen. Die Dächer würden bald enden und der Luftakrobat hatte nicht aufgegeben. Lincoln konnte ihn im Zweifelsfall überwältigen, aber er wollte keinem Unschuldigen Schaden zufügen.

Er erreichte das Ende des letzten Daches, balancierte sich auf den schrägen Schindeln aus und spähte über den Rand. Keine Fensterläden und die Fensterbänke lagen zu weit auseinander. Er rannte zum hinteren Teil des Hauses, wo er ein Abflussrohr entdeckte, das an der Wand nach unten führte. Die Zeit reichte nicht, um die Festigkeit zu testen. Er schwang die Beine über die Dachrinne und hielt sich mit den Knien fest.

Sein Abstieg war so schnell, dass er den gepflasterten Hof erreichte, ehe der Luftakrobat über den Rand des Daches schaute. Er duckte sich durch einen Torbogen in die dahinterliegende Gasse und rannte nach rechts. Anstatt der Gasse zu folgen, kletterte er über eine weitere Mauer in noch einen Innenhof, jagte durch ein Tor in einen Garten und von da aus in eine breitere Gasse.

Er kannte diese Straßen wie die Linien in Charlies Handflächen. Der Luftakrobat tat das nicht. Keine Verfolgungsgeräusche erklangen, kein Alarm war ausgelöst worden. Er war sehr allein in diesem frostigen, rußigen Londoner Abend. Sein Tempo reduzierte er jetzt auf ein zügiges Gehen und machte sich auf den

Weg zurück nach Highgate. Da er weder Pferd noch Kutsche mitgebracht hatte, war es ein langer Spaziergang.

Also rannte er. Anstatt seinen Gedanken zu erlauben, beliebig zu wandern, zwang er sich zur Aufmerksamkeit, lauschte und konzentrierte sich auf die Aufgabe, die vor ihm lag. Er hätte das Stück Papier in dem Stiefel beinahe übersehen, das jetzt in seiner Tasche steckte. Das war nachlässig. Er war auch fast erwischt worden. Das war unglücklich. Andererseits war es auch berauschend. Er hatte schon lange keine anständige Verfolgung über die Dächer mehr erlebt.

Lichfield Towers lag im Dunkeln, als er ankam. Niemand war aufgeblieben, um auf ihn zu warten. Er hatte sie nicht darum gebeten, und doch wünschte er sich fast, er hätte es getan.

Er schüttelte diese Gedanken ab und schenkte sich in der Bibliothek einen Brandy ein. Im Kerzenschein holte er den Zettel aus seiner Tasche und las ihn. Es war eine Adresse. Eine, die er gut kannte.

Harcourt House, Mayfair. Julias Zuhause, und Andrew Buchanans.

KAPITEL 4

*L*incoln war ein Feigling. Dieses Wort brachte er ungern mit sich selbst in Verbindung, aber in diesem Fall konnte er es zugeben. Er kauerte sich auf der gegenüberliegenden Straßenseite von Harcourt House in seinen Mantel, die Kapuze tief ins Gesicht gezogen, und wartete darauf, dass Julia das Haus verließ. Über eine Stunde später wurde seine Geduld belohnt und die Haustür öffnete sich. Millard, der Butler, reichte ihr einen Regenschirm, sie stieg die Stufen herunter und schlenderte die Straße entlang. Sobald sie außer Sicht war, näherte Lincoln sich dem Haus.

Millard öffnete, als er klopfte. „Lady Harcourt ist nicht zu Hause, Sir."

„Ich wünsche Mr Buchanan zu sprechen", sagte Lincoln.

„Er empfängt keinen Besuch."

Was bedeutete, dass er vermutlich noch im Bett lag. Lincoln schaute auf seine Taschenuhr. Es war fast Mittag. „Informieren Sie Mr Buchanan, dass er mich empfangen wird, um über Ela zu sprechen. Wenn er nicht innerhalb von fünfzehn Minuten unten ist, komme ich rauf in sein Zimmer und zerre ihn an den Fußgelenken aus dem Bett."

Millard blinzelte nicht einmal. Er trat lediglich zur Seite, um Lincoln einzulassen. „Darf ich Ihren Mantel nehmen, Sir?"

Fünfzehn Minuten später trottete Buchanan in den Salon. Er sah aus, als *hätte* ihn jemand an den Fußgelenken aus dem Bett gezerrt. Seine hellen Haare waren auf der einen Seite an seinen Kopf gedrückt, an der anderen standen sie ab. Er rieb sich seine blutunterlaufenen Augen und unterdrückte ein Gähnen.

„Verdammt früh, oder, Fitzroy?"

„Nein."

Buchanan durchquerte den Raum und sah aus dem Fenster. Er zuckte zurück und rieb sich erneut die Augen, obwohl der Tag gar nicht so grell war. „Sie haben recht. Kein Stück zu früh für einen Drink." Er schenkte Brandy in ein Kognakglas und bot es Lincoln an.

Lincoln schüttelte den Kopf und Buchanan nippte am Glas. „Ich nehme an, Sie kennen Ela, eine der Tänzerinnen bei Barnum und Baileys", sagte Lincoln.

Buchanan grinste. „Ich *kenne* sie. Wo wir gerade von Mädchen reden, wo ist Ihre Verlobte? Sie begleitet Sie heute nicht?"

Julia hatte ihm nichts gesagt? „Charlie wohnt nicht mehr bei mir."

Buchanan senkte das Glas und blinzelte langsam, als ob er aus einem Traum erwachen würde. „Was Sie nicht sagen. Interessant."

„Warum?"

Buchanan schwenkte die Flüssigkeit im Kognakglas. „Bedeutet das, Sie sind nicht mehr verlobt?"

Blut wallte durch Lincolns Adern. Er zwang sich, ruhig zu bleiben und nachzudenken. Eine passende Antwort fiel ihm nach mehreren trommelnden Herzschlägen ein. „Charlie ist zu jung zum Heiraten."

„Wohl kaum. Jüngere Mädchen als sie wurden schon vergeben oder versprochen." Buchanans Grinsen erschien wieder, schräger als zuvor. „Abgesehen davon ist sie wohl kaum unschuldig bei ihrem Hintergrund. Hat vermutlich mehr Erfahrung als ich. Ich würde zu gern herausfinden, was der kleine heiße Feger—"

Lincoln packte den Dreckskerl am Kragen und unterbrach

damit den Fluss von verbaler Kotze, die aus seinem Mund kam. Buchanan krächzte etwas Unverständliches und sein Gesicht nahm einen befriedigenden Rotton an.

„Wenn Sie sie noch einmal verunglimpfen", knurrte Lincoln in Buchanans Ohr, „werde ich Sie kastrieren und Ihnen Ihre Eier auf einem Tablett servieren. Verstanden?"

Lilafarbene Adern hoben sich deutlich von Buchanans Schläfe ab. Er versuchte zu nicken.

Lincoln ließ ihn los und sah zu, wie Buchanan auf die Knie fiel, eine Hand am Hals, während die andere das Kognakglas gerade hielt, um nichts zu verschütten.

Eine Bewegung an der Tür erregte Lincolns Aufmerksamkeit. Millard stand dort, den gleichgültigen Blick auf seinen Herrn gerichtet. Wie viel hatte er gesehen? Nach einer Weile sagte er lediglich: „Benötigen Sie etwas, Sir?"

„Nein", erwiderte Lincoln. Es war ihm egal, ob Millard ihn oder Buchanan gemeint hatte. „Stehen Sie auf", befahl er Buchanan, während Millard rückwärts den Salon verließ und die Türen schloss, obwohl ihn niemand dazu aufgefordert hatte. „Ich habe Fragen bezüglich Ela."

„Wenn Sie wollen, dass ich rede, dann sollten Sie verdammt noch mal nicht versuchen, mich umzubringen", krächzte Buchanan.

„Wenn ich Sie hätte umbringen wollen, dann wären Sie tot." Lincoln wartete, bis Buchanan auf den Füßen war, den Rest seines Drinks geleert und sich einen neuen eingegossen hatte.

Bis er im Sessel saß, war seine Gesichtsfarbe wieder so blass wie sonst, obwohl sein Hals rot blieb. „Was ist mit Ela?"

„Sie kennen sie intim."

Buchanan hob sein Glas zum Gruß. „Und?"

„Und wussten Sie, dass sie auch mit einem anderen Zirkusschausteller intim war, einem Patrick O'Neill?"

„Ein Ire?" Er schnaubte, zuckte zusammen und rieb sich den Hals. Nach einem tiefen Schluck sagte er: „Dachte, sie hätte einen besseren Geschmack. Der ist doch keiner von den Missgeburten, oder?"

„Er war der Muskelmann."

Buchanan hielt mit dem Glas an seinen Lippen inne. „War?"

„Er ist vor zwei Nächten gestorben."

Buchanan nickte nachdenklich und nahm noch einen Schluck. „Dann hat sie jetzt mehr Zeit. Zweimal die Woche ist nicht genug."

Lincoln wartete, während Buchanan seinen Drink austrank. Was hatte Julia je in diesem Parasiten gesehen? Vielleicht war er kein solches Arschloch gewesen, als sie ihn im Alhambra kennengelernt hatte. Vielleicht sorgte ihre frühere Verbindung und in Folge ihre Bevorzugung seines Vaters für genug schlechtes Gewissen ihrerseits, um ihm zu erlauben, weiter in Harcourt House zu wohnen. Andererseits war Lincoln sich nicht sicher, ob sie überhaupt fähig war, ein schlechtes Gewissen zu haben.

„Was hat der Tod dieses Kerls mit mir zu tun?", fragte Buchanan gelangweilt.

„Haben Sie ihn getötet?"

„Nein! Glauben Sie, ich wäre auf so eine schmierige irische Missgeburt eifersüchtig? Bis jetzt wusste ich nicht mal was von ihm."

Lincoln glaubte ihm. Der Mann war leicht zu lesen und Lincolns Eingebung sagte ihm, dass er nichts zu verbergen hatte. Buchanan hatte O'Neill nicht getötet. „Er wusste von Ihnen", sagte Lincoln. „Ich habe diese Adresse bei seinen Sachen gefunden."

„Grundgütiger. Glauben Sie, *er* war eifersüchtig auf *mich*?"

„Das ist möglich. Es ist auch möglich, dass er getötet wurde, bevor er die Gelegenheit hatte, hierherzukommen und Sie zu konfrontieren, falls er das vorhatte."

Buchanan schluckte und berührte den roten Fleck an seinem Hals. „Gott sei Dank."

„Haben Sie in letzter Zeit jemanden draußen herumlungern sehen? Wurden Sie verfolgt?"

„Nicht, dass ich wüsste. Wie sah er aus?"

„Normale Größe und durchschnittlich gebaut mit braunen Haaren. Er hatte einen Bart und Schnurrbart und würde wohl mit irischem Akzent gesprochen haben."

„Klingt nicht vertraut." Er runzelte die Stirn. „Sollte der Muskelmann im Zirkus nicht, nun ja, muskulös sein? Ich hätte gedacht, dass ein protziger Körperbau angesagt wäre."

„O'Neills Stärke war recht gewöhnlich. Seine Darbietungen beruhten auf übernatürlichen Fähigkeiten. Er konnte Dinge Kraft seiner Gedanken bewegen."

Buchanan beugte sich vor und hielt das leere Glas zwischen seinen Fingerspitzen. Seine Augen leuchteten auf. „Unglaublich. Was für eine Macht! Stellen Sie sich mal vor, was man damit anfangen könnte."

Man stelle sich vor, was passieren würde, wenn jemand wie Buchanan solche Macht besäße. Das war der Grund, warum es so wichtig war, die Ahnenfolge der Übernatürlichen zu verfolgen und immer zu wissen, wo sich wer gerade befand. Lincoln mochte zwar die Komiteemitglieder nicht immer, aber er stimmte ihrer Philosophie und der des Ministeriums grundsätzlich zu. Übernatürliche, die inmitten gewöhnlicher Leute lebten, bargen immer ein gewisses Gefahrenpotenzial, wenn bestimmte Kräfte von den falschen Leuten beherrscht wurden. Deswegen hatte er Charlie angewiesen, niemanden sehen zu lassen, wie sie ihre Nekromantie einsetzte. Und niemandem gesagt, wohin sie gegangen war.

Lincoln war so frei, sich ebenfalls ein Glas Brandy einzuschenken. Er trank es aus und stellte das Glas zurück auf die Anrichte. Er fühlte sich kein Stück besser.

„Sagen Sie mal, hören Sie überhaupt zu?", sagte Buchanan.

Lincoln drehte sich um und packte hinter seinem Rücken die Kante der Anrichte. Er hatte kein Wort gehört. „Weiter."

„Ich habe Ihnen gerade von dieser seltsamen Sache erzählt, die mir letzte Woche passiert ist. Am Dienstag war das, glaube ich. Ich hatte die Nacht in den Armen der wunderbar üppigen Ela verbracht, an unserem üblichen Treffpunkt."

„Der wäre?"

„Ein schäbiges kleines Etablissement in Kensington, wo man die Zimmer stundenweise mieten kann." Er zog die Nase kraus und schnaubte. „Der Wirt sieht aus wie eine Ratte. Kann mich gerade nicht an seinen Namen erinnern. Wie auch immer, nachdem wir ... Sie wissen schon ... kam ich kurz nach der

Morgendämmerung nach Hause. Ich war schon fast an der Treppe, als ich auf dem Bürgersteig wegrutschte." Er sah Lincoln erwartungsvoll an.

„Sie waren betrunken."

„Nicht sonderlich. Abgesehen davon kann ich eine ganze Flasche Champagner trinken und immer noch geradeaus laufen, nur dass Sie es wissen." Er schniefte und sah dann mit gerunzelter Stirn in sein leeres Glas. „Es war seltsam. Der Boden war trocken. Ich bin nicht gestolpert und hatte das merkwürdige Gefühl, als würden meine Knie unter mir wegsacken. Dann erklang Gelächter."

„Weiter."

„Ich dachte, ich hätte einen Mann lachen gehört. Als ich aufschaute, um ihm die Meinung zu geigen, war nur ein Kerl in der Nähe und der ging weg."

„Beschreiben Sie ihn."

„Er trug eine Kapuze, sodass ich sein Gesicht nicht sehen konnte, aber er war weder groß noch klein, dick oder dünn." Er zuckte mit den Schultern. „Wenn an ihm irgendetwas Besonderes gewesen wäre, hätte ich mehr darauf geachtet, aber so habe ich ihn umgehend vergessen."

„In welche Richtung ging er?"

„Westen."

Falls es O'Neill gewesen war und seine Rache an seinem Rivalen sich darauf beschränkt hatte, ihn zu Fall zu bringen, dann bezweifelte Lincoln, dass Eifersucht ein Motiv für seinen Mord gewesen war. O'Neill hatte Buchanan wegen seiner Vorliebe für Ela nicht konfrontiert, also war es unwahrscheinlich, dass er irgendeinen anderen ihrer Liebhaber konfrontiert hätte, falls sie welche hatte. Es sah immer weniger danach aus, als hätte O'Neills Tod eine logische Erklärung.

Und immer mehr, als wäre er wegen seiner übernatürlichen Fähigkeiten getötet worden.

* * *

Noch bevor Lincoln Lichfield erreichte, wusste er, dass etwas nicht stimmte. Er konnte nicht genau sagen, was es war, aber es fühlte sich an wie eine Luftveränderung, ein Wirbel. Wenn er hätte raten müssen, hätte er gesagt, jemand Neues war im Haus angekommen. Aber Lichfield Towers erhielt nie Besucher, mit Ausnahme der Komiteemitglieder.

Er benutzte die Hintertür und ging direkt in die Küche. Doyle sprang auf und stolperte durch eine Begrüßung, wobei er hastig die Hände hinter dem Rücken verbarg, vermutlich, um seine Unterarme zu verstecken. Er hatte seine Jacke ausgezogen und die Ärmel seines Hemdes hochgekrempelt, um Besteck zu polieren.

Der Koch sagte gar nichts, sondern schaute nur finster vom Herd herüber. Das war in letzter Zeit seine Standardantwort. Gus hob kaum den Blick von den Möhren, die er am Tisch schälte. Er schien mit einem Grinsen zu kämpfen. Lincoln hatte kein gutes Gefühl bei dem Besucher.

„Wer ist hier?", fragte er Doyle.

Doyle stieß die Luft aus, als müsste er sich wappnen. „Lady Vickers, Sir."

Seths Mutter. Lincoln hatte ganz vergessen, dass sie aus Amerika eintreffen sollte. Er hatte zugestimmt, sie in Lichfield wohnen zu lassen, bis sie eine Stellung als Gesellschafterin bei einer ihrer Freundinnen gefunden hatte, aber das war, bevor Charlie gegangen war. Jetzt hätte er es vorgezogen, nur mit den Angestellten allein zu sein.

„Wo ist Seth?", fragte er.

„Hilft ihrer Ladyschaft dabei, ihr Zimmer zu beziehen", sagte Doyle.

„Welches?"

„Das gelbe Zimmer, das am weitesten von Ihrer Suite entfernt ist, Sir."

„Gus, ich möchte, dass du und Seth zu mir in mein Büro kommt, sobald er bei Lady Vickers fertig ist."

„Sir", sagte Doyle, als Lincoln gehen wollte. „Eine Einladung von Lady Harcourt ist vor einigen Minuten eingetroffen. Soll ich sie Ihnen rauf bringen?"

„Bringen Sie sie mit dem Mittagessen." Er verließ die Küche. „Und Wein."

Er nahm die Dienstbotentreppe in die zweite Etage. Seths

erhobene Stimme hallte durch den Flur vom anderen Ende des Hauses her, wo Lady Vickers jetzt residierte. Eine dröhnende weibliche Stimme antwortete. Lincoln zog sich in seine eigenen Gemächer zurück und schloss die Tür.

Er setzte sich an seinen Schreibtisch und überlegte, was jetzt zu tun war. O'Neills Tod sah stark danach aus, als wäre er durch seine übernatürlichen Fähigkeiten bedingt. Aber ohne Hinweise auf die Identität des Mörders oder des Mannes, der ihn angeheuert hatte, musste Lincoln auf die Informationen zurückgreifen, die er von Billy dem Ausreißer bekommen hatte. Er verließ sich nicht gern auf andere, hatte aber keine Wahl. Er musste darauf vertrauen, dass Billy die Geschichte nicht einfach erfunden hatte, um das Geld zu kassieren. Lincoln hoffte, dass sein Ruf angsteinflößend genug war, um Falschaussagen zu verhindern.

Doyle brachte das Mittagessen und die Einladung zu Julias Ball. Er sollte schon an diesem Abend stattfinden. Offensichtlich hatte Lincolns neuer Status als Junggeselle diese Einbeziehung in letzter Minute verursacht.

„Wird es eine Antwort geben, Sir?", fragte Doyle.

„Noch nicht."

„Sehr wohl."

Er öffnete die Tür und die Stimme einer Frau klang klar wie eine Glocke durch das ganze Haus. Doyle warf Lincoln eine mitfühlende Grimasse zu und trat zur Seite, um einer Frau Einlass zu gewähren, die von Kopf bis Fuß schwarz gekleidet war. Seth folgte ihr mit gequältem Blick.

Lincoln stand auf und verbeugte sich. „Lady Vickers, nehme ich an."

Sie nickte schlicht. „Mr Fitzroy, ich möchte mich bei Ihnen für die Einladung bedanken, hier zu wohnen."

„Einladung?" Er warf Seth einen finsteren Blick zu.

Seth sah aus, als wollte er sich umdrehen und gehen. Falls er das tat, würde Lincoln ihm nachsetzen und ihn am Kragen zurück schleifen. Er würde das hier nicht allein durchstehen.

„Natürlich wird es nur vorübergehend sein", fuhr Lady Vickers fort und wedelte mit ihrer Hand. „Sobald sich herumspricht, dass ich wieder in London bin, erwarte ich, dass Einladungen von meinen Freunden eintrudeln. Es wäre grausam von mir, sie abzulehnen, insbesondere wenn ihre Landsitze so viel größer sind als Lichfield Towers. Hier fühle ich mich, als wäre ich Ihnen im Weg."

Lincoln starrte sie an. Er wusste nicht, was er sagen sollte. Herzlichen Glückwunsch? Ich hoffe, Sie sind nicht zu enttäuscht von der Größe des Hauses? Bis sie aufgetaucht war, war es groß genug gewesen.

Lady Vickers schien auf eine Erwiderung von ihm zu warten, aber er schwieg für den Fall, dass er das Falsche sagte. Diese Frau schien mit höflichem Geplänkel vertraut zu sein und Lincoln fand, dass dieser Bereich seiner Erziehung ebenso vernachlässigt worden war wie sein Verständnis für Menschen. Sie war alles, was er von einer englischen Lady in einem gewissen Alter erwartete. Sie war recht groß, wie Seth, mit einer beeindruckenden Figur. Die würde man nicht so leicht umhauen. Sie trug Trauer, aber ob das ihrem Ehemann oder Liebhaber galt, wusste er nicht sicher. Vielleicht beides. Der Saum war leicht ausgefranst und die Kleidung an sich schlicht vom Stil her, ohne viel Zierde. Sie berührte den Ringfinger ihrer linken Hand, an dem kein Ring prangte, ebenso wie an keinem anderen ihrer Finger. Lincoln vermutete, dass die Bewegung Gewohnheit war. Sie trug keinen Schmuck, nicht einmal Ohrringe.

Lincoln brauchte diese Beweise nicht, um zu wissen, dass es sie schwer getroffen hatte. Seth hatte die desolate Situation seiner Familie erklärt, als sie sich begegnet waren, und Lincoln hatte intensiv nachgeforscht, bevor er ihn eingestellt hatte. Es gab wenig zu forschen, da er die Umstände, auf die Seth reduziert worden war, selbst gesehen hatte.

Lincoln hatte Seth davor bewahrt, sich in einer Menge von Männern in einem Gentlemansclub selbst meistbietend zu verkaufen. Bevor Lincoln eingeschritten war, kam das höchste Gebot von einem älteren Gentleman, dessen deutlich jüngere Frau für ihren sexuellen Appetit bekannt war. Der Ehemann war ebenso berüchtigt für seinen—mit anderen Männern. Lincoln war es egal, was das Paar für ihren Gewinn bereithielt. Soweit er wusste, hatte Seth gewollt, dass sie gewinnen. Mitgefühl hatte Lincoln nicht dazu gebracht, für Seth zu bieten.

Es waren Seths Fähigkeiten im Boxring, auf die Lincoln zuerst aufmerksam geworden war. Er konnte sowohl nach den Queensberry Regeln als auch mit bloßen Fäusten boxen und seinen Gegner in wenigen Sekunden niederstrecken. Viele Boxer standen nur auf der Stelle und versuchten, den Gegner zu vermöbeln, wobei sie ebenso viele Schläge einsteckten, wie sie austeilten. Aber Seth vermied Kontakt durch Ausweichen und Ducken, was ihm die Möglichkeit gab, seinen Gegner aus einer neuen Position heraus zu überraschen. Seine Bewegungsabläufe waren nie gleich und diese Vielfalt bedeutete, dass er selbst die stärksten Kämpfer im Ring austricksen konnte.

Das Kämpfen hatte Lincoln definitiv auf Seth aufmerksam gemacht, aber es waren seine anderen Qualitäten, die zur Entscheidung geführt hatten, ihn einzustellen. Er bewunderte Seth dafür, dass er bereit gewesen war, alles zu tun, um die Schulden seines Vaters zu begleichen, selbst wenn er sich dafür bis zu einem Punkt erniedrigen musste, an den kein Mann, schon gar kein Adeliger, kommen sollte. Es zeigte ein Ehrgefühl und Charakterstärke, die man bei einem Mann seines Standes selten sah. Nachdem Lincoln die Entscheidung getroffen hatte, ihn einzustellen, war es nur noch eine Frage des Wartens auf den richtigen Moment—einen Moment, in dem Seth Lincoln dankbar sein würde, dass er kam und ihn rettete. Dieser Moment war bei der Auktion eingetreten. Seth war in der Tat dankbar gewesen und er wurde zum perfekten Angestellten.

Bis Charlie auftauchte. Mit ihrem Grips, Mut und freundlichen Wesen hatte sie Seth, Gus und den Koch schnell für sich eingenommen. Seit Lincoln sie weggeschickt hatte, konnte Seth kaum noch mit Lincoln sprechen und er war ganz sicher nicht mehr dankbar.

„Mein Sohn sagte, es gibt noch eine größere Suite auf dieser Etage", sagte Lady Vickers.

Lincolns Blick sprang zu Seth, der deutlich schluckte.

„Kann ich die haben?", fuhr sie fort.

„Nein", sagte Lincoln.

„Aber er sagte mir, dass Ihre Verlobte hier nicht mehr wohnt, also hatte ich angenommen—"

„Sie haben etwas Falsches angenommen. Die Suite steht nicht zur Verfügung."

Hinter ihr kroch ein merkwürdiges Lächeln über Seths Gesicht. „Das gelbe Zimmer wird dir genügen müssen, Mutter. Ich bin sicher, dass es von der Größe her vergleichbar ist mit dem, was dein Lakai dir in New York geboten hat."

Sie versteifte sich bei der Stichelei ihres Sohnes. Es schien, als wollte Seth seine Mutter dafür bestrafen, dass sie mit dem zweiten Lakaien der Familie nach Amerika durchgebrannt war und Seth mit den Schulden allein gelassen hatte. Lincoln konnte ihm das nicht verübeln.

„Seth sagt mir, hier gibt es keine Mägde", sagte Lady Vickers.

„Das ist korrekt", sagte Lincoln.

Ihre glatte Stirn legte sich in Falten. „Aber wer kümmert sich um meine persönlichen Belange?"

„Wer hat sich in Amerika darum gekümmert?"

„Oh, die Amerikaner sind anders." Sie wedelte mit der Hand. „Sie beschäftigen nicht gern Mägde."

Lincoln war bereits in Amerika gewesen. Die gehobene Gesellschaft dort beschäftigte ebenso viele Bedienstete wie der englische Adel. Es war viel wahrscheinlicher, dass Lady Vickers und ihr Liebhaber sich von seinem Gehalt keine leisten konnten. Lincoln fragte sich, ob der Lakai wirklich tot war oder ob sie ihn verlassen hatte, um in ein Land zurückzukehren, in dem sie annahm, dass die Leute ihren Vickers-Titel noch kannten und respektierten. Falls es so war, stand ihr ein böses Erwachen bevor. Seth war zwar in der Lage gewesen, die Schulden seines Vaters zu begleichen, aber der Name steckte noch genauso tief im Schlamm wie zu der Zeit, als sie gegangen war. Lincolns Meinung nach sollte sie in gleicher Weise dafür geradestehen wie ihr verstorbener Mann.

„Ich habe nichts dagegen, wenn Sie eine Magd für sich einstellen", erklärte er ihr. „Solange sie mir und meinen Männern nicht in die Quere kommt. Seth wird sich um die Ausgaben kümmern." Er schenkte Seth etwas, von dem er hoffte, dass es ein wissendes Nicken war.

Seth musste verstanden haben, dass Lincoln ihm ein Budget zur Verfügung stellen würde, um den Lohn für eine Magd zu decken, denn seine Lippen öffneten sich, ohne dass etwas herauskam. Ausnahmsweise brauchte der Mann mehrere Augenblicke, um zu antworten. „Äh, ja, Sir. Ich kümmere mich darum. Danke, Sir ... dass Sie mich erinnern, mich darum zu kümmern. Genau." Er räusperte sich und lächelte seine Mutter an. Das Lächeln erstarb jedoch, als sie ihn finster anblickte.

Sie wandte sich wieder an Lincoln. „Sie nennen meinen Sohn beim Vornamen?"

Während Lady Vickers wusste, dass Seth in Lincolns Haus wohnte, war ihr vermutlich nicht bewusst, dass er praktisch ein Diener war. Wie würde Charlie auf solche eine Frage antworten?

„So ist das unter Freunden", sagte er lahm. Nein, das hätte Charlie nicht gesagt.

„Der Freund eines Adeligen nennt den Adeligen bei seinem Titel, in diesem Fall Vickers. Der Adelige würde dann mit dem Vor- oder Nachnamen desjenigen antworten, nicht mit ‚Sir'." Wenn ihre Oberlippe sich noch mehr kräuselte, würde sie in ihren Nasenlöchern verschwinden.

Da ihm nichts einfiel, was er sagen könnte, nickte Lincoln Seth in der Hoffnung zu, dass dieser verstehen würde, dass Lincoln die Frau aus seinem Zimmer haben wollte. „Seth, wenn du so weit bist, wünsche ich dich zu sprechen."

„Ja, Sir."

Lincoln vermutete, er hatte das ‚Sir' hinzugefügt, um seine Mutter zu ärgern. Sein Mangel an Großspurigkeit war ein weiterer Grund, warum Lincoln ihn mochte.

Lady Vickers schaute empört. Ihr Rücken versteifte sich in gleicher Manier wie Julias, wenn sie sich beleidigt fühlte. „Um wie viel Uhr ist der Dinner Gong?"

„Wir nutzen den Gong nur, wenn wir Gäste haben", sagte Lincoln. „Sie können die Uhrzeit selbst bestimmen. Informieren Sie einfach den Koch. Oder informieren Sie Doyle, der dann den Koch informiert."

„Aber welche Uhrzeit bevorzugen Sie, Mr Fitzroy? Ich möchte Ihre Routine nicht stören."

„Das werden Sie nicht. Ich esse zu unregelmäßigen Zeiten hier. Sie dürfen das Gleiche in Ihren Räumen tun."

„Oh." Sie berührte wieder ihren Ringfinger. „Ich hatte gehofft, im Esszimmer zu essen."

„Dann essen Sie dort, das stört mich nicht."

„Allein?"

„Bitten Sie Seth, Ihnen Gesellschaft zu leisten." Er betonte den Namen nicht, aber Lady Vickers richtete sich noch mehr auf. Hinter ihr grinste Seth wieder und Lincoln hätte ihm beinahe zugenickt, als ob sie sich kleinen Scherz erlaubt hätten. „Ich muss arbeiten und brauche Ihren Sohn, Madam. Seth, hol Gus."

Seth ging. Kurz darauf ging auch seine Mutter, die vor sich hin murmelte, dass England seit ihrer Abreise vor die Hunde gegangen war. Lincoln aß zu Mittag, während er wartete und über die nächsten Schritte nachdachte. Es war nicht leicht, seine Gedanken einzufangen und er gab schließlich auf. Hoffentlich würde ihm das Gespräch mit seinen Männern helfen, sich zu fokussieren.

„Sie will den Familiennamen reinwaschen", hörte er Seth zu Gus sagen, als die Männer sich der offenen Tür näherten.

Gus schnaubte. „Wie denn, wennse keine Freunde in der Warteschleife hat?"

„Versuch mal, ihr das zu erklären. Sie scheint zu glauben, dass sie mit offenen Armen empfangen wird, weil sie eine Vickers ist. Das ist noch nicht das Schlimmste. Sobald sie wieder Fuß gefasst hat, will sie mir eine Ehefrau suchen."

Gus lachte noch, als er vor Seth in den Raum trat. Das Lachen erstarb sofort und er stand wie eine Statue neben der Tür. Der Witz wurde nicht mit Lincoln geteilt.

Es war noch etwas früh für Alkohol, aber Lincoln schenkte zwei Gläser Brandy ein und bot sie den Männern an. Gus nahm eins, aber Seth verschränkte die Arme. Mit einem Seufzen reichte Gus das Glas zurück. Lincoln widerstand dem Drang, den Inhalt selbst hinunter zu kippen und stellte die Gläser auf seinen Schreibtisch.

„O'Neill wurde nicht wegen seiner Beziehung zu Ela getötet", berichtete er.

„Woher wissen Sie das?", fragte Gus.

„Tue ich einfach." Als beide Männer sich Blicke zuwarfen, fügte er hinzu: „O'Neill wusste von Buchanan und Ela, aber seine Rache war lediglich ein harmloser Scherz. Er hat Buchanan auf der Straße zum Stolpern gebracht und ist dann lachend weggegangen. Ich habe keinen Grund zu der Annahme, dass er Buchanan konfrontieren wollte, und Buchanan hat nicht gelogen, als er mir gesagt hat, er wüsste nichts von Ela und O'Neill."

„Noch einmal, woher wissen Sie das?", verlangte Seth.

Lincoln traf seine Entscheidung schnell. Er wusste nicht, ob er diesen Männern noch trauen konnte, aber wenn er sie weiter in Lichfield beschäftigen wollte, musste er jemand sein, dem *sie* vertrauen konnten. Und das bedeutete, etwas von sich preiszugeben, was er bisher nur Charlie offenbart hatte. „Ich vermag zu wissen, ob jemand die Wahrheit sagt oder nicht. Es klappt nicht bei allen, aber bei Buchanan schon. Er hat mich nicht angelogen."

Seth senkte die Arme und machte einen Schritt nach vorn. Gus' Hand schoss vor und hielt seinen Freund davon ab, zu nahe zu kommen. Was glaubte er, dass Lincoln tun würde?

„Wie kommen Sie an diese Fähigkeit?", fragte Seth.

„Meine Mutter war eine Seherin. Ich scheine es von ihr geerbt zu haben, aber mit Einschränkungen."

Seth sah nicht aus, als würde diese Offenbarung sein Vertrauen in Lincoln stärken. Eher im Gegenteil. Lincoln war kein Experte, aber seine steife Haltung war definitiv abweisend. „Können Sie sagen, ob *wir* lügen?"

„Nein."

Seth beobachtete Lincoln eingehend, was Lincoln ertrug, bis Seth mit einem Grunzen aufgab.

„Seher können die Zukunft vorhersagen", sagte Gus. „Können Sie das?"

„Nein. Meine Fähigkeiten beschränken sich auf … Gefühle."

Beide Männer brachen in schallendes Gelächter aus.

Lincoln sah durchaus, dass es von ihrer Warte aus amüsant war, auch wenn er es nicht *so* lustig fand. „Was ich meine ist, dass ich zum Beispiel weiß, wenn jemand Neues im Haus ist, oder wenn jemand fehlt." Er erwähnte nicht, dass diese „Gefühle" in Bezug auf Charlie am stärksten ausgeprägt waren. Ihren Namen zu erwähnen könnte sich als brisant erweisen.

Sie brauchten beide einen Moment, um das zu verdauen,

dann sagte Seth: "Wenn kein eifersüchtiger Liebhaber O'Neill umgebracht hat, könnte es ein anderes Motiv geben?"

„Ich habe keins gefunden."

„Mit Ausnahme der Tatsache, dass er ein Übernatürlicher war und eventuell aufgrund seiner Fähigkeiten getötet wurde."

„Mit dieser Ausnahme." Lincoln wartete, während seine Männer das bedachten. „Die Informationen von Billy dem Ausreißer sind meine—unsere—einzige Verbindung zu dem Mann, der Mörder anheuert, um Übernatürliche umzubringen."

„Aber er hat uns nich viel gesagt", sagte Gus. „Jedenfalls nix, was wir brauchen können."

„Nur, dass der Kerl ein Adeliger ist", sagte Seth.

„Wir können beinahe sicher sein, dass die Person Zugriff auf unsere Archive oder eigene Aufzeichnungen hat." Beide Männer wankten unter der Wucht dieser Neuigkeiten. Lincoln hielt ihnen die Brandygläser hin.

Sie tranken sie in einem Zug leer. Gus knallte das leere Glas auf den Schreibtisch und fluchte. „Das Komitee."

„Werden Sie sie konfrontieren?", fragte Seth.

„Noch nicht", sagte Lincoln. „Erst, wenn ich sicher bin."

„Wie stellen Sie das an?"

„Durch Beobachtung und Nachforschen. Wir beginnen damit, heute an Julias Weihnachtsball teilzunehmen."

„Sie hassen Bälle", sagte Gus.

„Ich habe nicht gesagt, dass ich mich dort vergnügen will." Lincoln nickte Seth zu. „Du kommst mit. Bring deine Mutter mit."

Seths Gesichtszüge entgleisten. „Muss ich?", jammerte er.

„Ja."

„Wollen Sie, dass die auch die Komiteemitglieder befragt?", fragte Gus.

„Ich dachte, sie könnte die Gelegenheit nutzen, ihre Rückkehr nach London zu verkünden und ihre alten Bekanntschaften aufzufrischen."

Seth schaute noch entsetzter. „Wurde sie eingeladen?"

„Behaupte es einfach. Julia wird es nichts ausmachen. Sie flirtet doch gern mit Skandalen, oder?"

Das rang Seth beinahe ein Lächeln ab. Gus gluckste. „Wünschte, ich könnte zugucken."

„Du wirst uns fahren, dann wärmst du dich in den Stallungen auf. Die Diener kennen dich und haben vielleicht etwas Tratsch parat. Wenn du mit den Hausangestellten sprichst, frag sie, wer in letzter Zeit die Archive auf dem Dachboden betreten hat."

„Klar, Sir."

Beide wirkten begeistert, dass sie in die Ermittlungen involviert wurden. Gut. Vielleicht war das ein Wendepunkt. Vielleicht hatten sie es aufgegeben, dass Charlie jemals nach Hause kommen würde.

„Ihr könnt beide gehen." Lincoln wandte sich ab.

Obwohl er sie nicht sehen konnte, wusste er, dass sie sich gegenseitig anstießen und den jeweils anderen drängten, etwas zu sagen. Schließlich war es Seth, der sich räusperte. Lincoln wappnete sich. Er brauchte keine hellseherischen Fähigkeiten, um zu wissen, worum es in dem Gespräch gehen würde.

„Ihr Geburtstag ist in ein paar Tagen", sagte Seth.

Charlies neunzehnter Geburtstag hatte auch ihn in letzter Zeit beschäftigt, unter anderem. „Und?"

„Und wir würden ihr gern ein Geschenk schicken. Das können wir aber nicht, wenn wir nicht wissen, wo sie ist."

„Ich werde euch ihren Aufenthaltsort nicht sagen."

„Das müssen Sie!", schnappte Gus. „Sie ist unsere Freundin."

„Sie ist wie eine Schwester", fügte Seth mit rauer Stimme hinzu. Er klang, als würde er sich gerade noch beherrschen.

Lincoln stützte seine Knöchel auf den Schreibtisch und senkte den Kopf. „Ich kann nicht riskieren, dass jemand sie findet."

Schweigen. Er widerstand dem Drang, über seine Schulter zu schauen, um zu sehen, ob sie ihn anschauten oder sich wieder gegenseitig anstießen.

„Also liegt Ihnen ihr Wohlergehen *doch* am Herzen", sagte Seth leise.

„Ich wusste es." Gus klang erfreut.

Lincoln richtete sich auf und drehte sich zu ihnen um. „Ihr

ein Geschenk zu schicken, würde nur falsche Hoffnungen wecken, dass sie zurückkehren wird."

Gus schaute ihn verständnislos an und zuckte mit den Schultern. „Aber sie wird zurückkommen. Nachdem Sie den Mörder geschnappt ham, werden Sie sie nach Hause holen."

Lincoln packte den Schreibtisch hinter sich und schüttelte den Kopf. „Sie lenkt mich ab. Ich kann mir keine Ablenkung leisten."

Seths Faust schoss nach vorn, aber Lincoln wehrte sie ab. Er packte Seths Arm, drehte ihn um und zwang Seth auf den Boden. Das Manöver war schmerzhaft, aber er musste Seth zugestehen, dass er lediglich zuckte. Er versuchte nicht, dagegen anzugehen.

Gus beschloss allerdings, sich für seinen Freund einzusetzen. Sein muskulöser Arm legte sich um Lincolns Hals und drückte zu. Das Knie noch auf Seths Rücken gestemmt, ließ Lincoln ihn los und packte Gus bei den Haaren. Lincoln konnte ihm das Genick brechen, aber entschied sich, ihm stattdessen eine Handvoll Haare auszureißen.

Gus ließ los und hielt sich den Kopf, wobei er rückwärts außer Reichweite taumelte. „Ich blute!"

Lincoln stand auf und hielt Seth die Hand hin. Seth ignorierte sie und stand ohne seine Hilfe auf. Er baute sich vor Lincoln auf, die Fäuste an den Seiten und ein mörderischer Ausdruck auf seinem Gesicht.

„Sie sind der selbstsüchtigste, kaltherzigste Drecksack, der mir je untergekommen ist", knurrte er durch zusammengebissene Zähne. „Wenn der Mörder gefasst ist, werde ich Lichfield verlassen. Ich will nicht länger für jemanden arbeiten, der ohne mit der Wimper zu zucken die einzige Person verbannt, der er etwas bedeutet."

Lincoln war zu weit vom Schreibtisch weg, um ihn als Stütze zu benutzen, also musste er bleiben, wo er war, und sich sehr intensiv darauf konzentrieren, stillzustehen, nicht zu blinzeln oder diesen Männern zu zeigen, dass er sich jedes Mal zutiefst krank fühlte, wenn er daran dachte, dass Charlie weit weg war.

Zum Glück musste er sie nicht hinauswerfen. Sie gingen von allein, obwohl Gus sich eine letzte spitze Bemerkung nicht verkneifen konnte. „Ich hoffe, Ihr verschrumpeltes Herz hält Sie nachts warm."

„Mach die Tür zu", sagte Lincoln.

Gus zog die Oberlippe hoch, tat aber wie geheißen.

Als er wieder allein war, sank Lincoln auf den Stuhl am Schreibtisch und fuhr sich mit beiden Händen durch die Haare und übers Gesicht. Mit zitternden Fingern nahm er den Schlüssel zu Charlies Zimmer aus seiner Tasche und legte ihn in die oberste Schublade. Dann schloss er sie ab.

KAPITEL 5

„*D*eine Haare sehen gut aus", sagte Seth noch einmal, als seine Mutter zum hundertsten Mal ihre Frisur berührte. Er musste schreien, um über den Regen gehört zu werden, der scheinbar das Dach der Kutsche einschlagen wollte. Das Wetter war bösartig geworden.

„Gut?" Lady Vickers tätschelte weiter. „Es muss besser aussehen als gut."

„Tut es. Es ist wunderbar. Elegant." Da seine Mutter weiterhin schmollte, fügte Seth hinzu: „Großartig! Göttlich! Deine neue Magd ist ein Wunder."

„Sie wird genügen müssen. Anscheinend sind gute Angestellte in der Stadt sehr knapp."

„Bella war die Einzige, die sofort anfangen konnte." Seth versuchte, seine Beine zu bewegen, aber die üppigen, tintenschwarzen Röcke seiner Mutter waren im Weg. Er gab es auf und zog seine Füße näher an den Sitz.

„Wie *hast* du sie gefunden, frage ich mich?"

Lincoln beobachtete, wie Mutter und Sohn sich giftig anstarrten und wünschte sich weit weg. Egal wohin. Er wusste, wie Seth Bella gefunden hatte—sie war eine seiner vielen Eroberungen—und es schien, als hätte seine Mutter das erraten.

„Glück", sagte Seth nur.

Lady Vickers steckte ihre Hand zurück in ihren Muff.

Anscheinend war sie nicht so verzweifelt, dass sie das Abendkleid verkauft hatte, nur den Schmuck. Ihre Ohren, der Hals und die Finger waren recht nackt. „Ich hoffe, sie wird für die anderen Angestellten keine Ablenkung darstellen. Immerhin ist sie sehr jung und hübsch." Sprach sie mit Seth oder Lincoln? Lincoln beschloss, nicht zu antworten.

„So jung nun auch nicht." Seths Murmeln war über den Regen kaum zu hören. „Sie ist mindestens zwanzig."

Seine Mutter kniff die Lippen zusammen. Ihr Blick wurde stahlhart. „Du darfst sie nicht ansehen, Seth. Ich weiß, wie du bist. Die ist nichts für dich."

„Ach, es ist vollkommen in Ordnung, wenn du dich mit der Dienerschaft vergnügst, aber ich darf es nicht."

Die Baronin schob ihr nobles Kinn so weit wie möglich vor. „Ich habe meine Pflicht getan. Ich habe das erste Mal gut geheiratet und mich mit niemandem *vergnügt*, bis mein Ehemann verstorben ist."

„Das erste Mal?" Seth wurde blass. „Mutter … bitte sag mir, dass du den Lakaien nicht *geheiratet* hast."

Lady Vickers drehte sich zum Fenster, das Kinn deutlich tiefer. Seth hatte seine Antwort. Er lehnte sich ernüchtert auf dem Ledersitz zurück.

Auch wenn Lincoln Bälle hasste, konnte er es kaum erwarten, in Harcourt House anzukommen. Die Luft in der Kutsche war frostiger als draußen. Einer von Julias Lakaien öffnete die Tür, reichte Seth einen Regenschirm und trat zur Seite, während Seth ausstieg. Er half seiner Mutter und sie gingen Arm in Arm die Stufen hinauf, als hätten sie sich nicht gerade gestritten. Lincoln wollte Julias Reaktion nicht verpassen, wenn sie die beiden sah, aber er musste noch schnell etwas mit Gus besprechen. Er nahm den zweiten Schirm vom Lakaien entgegen und reichte Gus seinen Flachmann hinauf.

Gus zögerte etwas, schüttelte dann aber den Kopf. „Hab meinen eigenen, Sir." Er klopfte auf seinen Mantel. Trotz des wasserdichten Mantels mit mehreren Capes und dem breitkrempigen Hut war Gus gründlich nass.

„Du brauchst vielleicht noch einen", sagte Lincoln und hielt den Flachmann höher.

Gus nahm ihn mit einem Nicken. „Danke, Sir."

Eine weitere Kutsche kam von hinten heran und Gus fuhr davon. Millard nahm in der Eingangshalle Lincolns Schirm, Mantel und Hut, dann steuerte Lincoln die Treppe hinauf. Er gesellte sich im Ballsaal zu Seth und Lady Vickers, wo sie im Eingang mit Julia redeten. Lady Vickers erheiterte ihre Gastgeberin mit einem Bericht ihrer Seereise. Julia schien höflich interessiert zuzuhören.

„Vielen Dank für die Einladung, Julia", sagte Lady Vickers. „Sie war zwar ganz unerwartet, aber sehr aufmerksam." Wie ihr Sohn konnte Lady Vickers ihren Charme einschalten, wenn sie es wollte. Ihre überlegene Art wirkte natürlich, als ob sie glaubte, mit Recht dort zu sein. Nur eine gesellschaftlich selbstbewusste Frau würde sie abweisen. „Meine Rückkehr nach London muss eine ganz schöne Sensation sein, wenn *Sie* davon gehört haben", schloss Lady Vickers.

Julias Lächeln wurde breiter. Sie lächelte nie so viel. Jedenfalls nicht aufrichtig. „Ich freue mich, dass Sie meine Einladung angenommen haben. Und du auch, Seth."

Seth beugte sich über ihre Hand, verbarg seine Abscheu jedoch nicht. Seit er Julias grausames Verhalten Charlie gegenüber mit angesehen hatte, hatte Seth sich von seiner gelegentlichen Geliebten abgewandt. Lediglich ein leichtes Anspannen ihrer Lippen deutete darauf hin, dass sie es bemerkt hatte.

„Ich hoffe, Sie erübrigen ein oder zwei Tänzchen für meinen Sohn", fuhr Lady Vickers mit einem Blitzen in den Augen fort. „Er sagte mir, dass er Sie für ein seltenes Juwel in dieser Stadt hält und sich wünscht, Sie besser kennenzulernen."

Julias Wangen röteten sich leicht, aber ihr Lächeln blieb.

Seths Lächeln bekam einen fiesen Zug. „Du hast recht, Mutter. Julia ist in der Tat selten. Ich kann ehrlich behaupten, dass ich noch nie jemanden wie sie getroffen habe."

Lady Vickers strahlte. „Ist er nicht charmant?"

„Aber ich versichere dir, Mutter, Julia und ich sind bereits so eng miteinander vertraut, wie wir beide sein möchten." Er verbeugte sich erneut vor Julia, so tief, dass es ein Hohn war. „Es ist so nett von dir, dich uns armen, unglücklichen Ausgestoßenen anzunehmen. Wir werden uns bemühen, dich nicht zu blamieren, aber versprechen kann ich nichts. Du weißt ja, wie ich bin."

Lady Vickers blieb mit offenem Mund zurück, während Seth davonging. Sie folgte ihm wortlos und sie verschwanden in der Menge. Julia stand wie eingefroren da.

Lincoln trat an sie heran. „Guten Abend, Julia." Er hätte verschiedene belanglose Nettigkeiten über ihr Kleid, das Haus oder das Wetter von sich geben können, hatte aber kein Bedürfnis, sich die Mühe zu machen.

„Ich werde dafür ausgelacht werden, sie eingeladen zu haben", flüsterte sie. Sie richtete harte, funkelnde Augen auf Lincoln. „Ich nehme an, sie ist meine Strafe."

„Nein, ist sie nicht." Er drehte sich um und ging in der Hoffnung, sie würde annehmen, dass noch eine schlimmere Strafe auf sie wartete.

Er nickte einer Gruppe von Gentlemen zu und bewegte sich weiter in den Raum hinein. Julia hatte den Ballsaal mit Blumen aus dem Treibhaus geschmückt und Büschel von silbernen und blauen Bändern zierten die Wände, verbunden durch Girlanden. Die Facetten der geschliffenen Kristall- und Kronleuchter boten ein schillerndes Lichtspiel. Julia machte keine halben Sachen.

Er entdeckte Seth in einer gemischten Gruppe, die meisten von ihnen jung und bereits auf dem Weg, sich zu betrinken. Eine ältere Frau, die etwas am Rand stand, versuchte, durch schnelles Wedeln mit ihrem Fächer seine Aufmerksamkeit zu erregen. Seth machte sich von den Mädchen los, die sich an jeden seiner Arme klammerten, und ging zu der Frau hinüber, sehr zu ihrer Freude. Wenn die Diamanten, mit denen sie sich dekoriert hatte, einen Hinweis gaben, dann war sie in der Tat sehr wohlhabend. Lady Vickers war nirgends zu sehen.

Lincolns Blick strich über die Gesichter. Andrew Buchanan sprach mit drei Gentlemen, deren Augen alle auf einen Durchgang zum Nachbarzimmer gerichtet waren. Buchanan zuckte mit den Achseln und nickte dann. Einer der Männer klopfte ihm auf den Rücken und schob ihn Richtung Tür. Als er hindurchging, folgten ihm die drei Männer grinsend.

Lincoln bewegte sich zur Tür, um zuzuhören. Er hatte den Großteil des Nachmittags damit zugebracht, in Pubs zu lauschen und noch einmal mit seinen Kontaktleuten zu sprechen, war aber ohne neue Erkenntnisse nach Hause gekommen. Bis zum Abend war er sich ziemlich sicher, dass der Mörder mit niemandem weiter Kontakt aufgenommen hatte. Es schien, als wäre er mit dem Schützen zufrieden, der O'Neill getötet hatte.

Es blieb nur abzuwarten, wer als Nächstes auf seiner Liste stand, es sei denn, Lincoln konnte ihn vorher stoppen.

Das an den Ballsaal angrenzende Zimmer war leise und rauchig. Hochkonzentrierte Kartenspieler bevölkerten die Tische. Buchanan schlenderte auf eine Lady zu, die mit dem Rücken zur Tür saß. Ihre hellen Haare waren etwas aus der Frisur gerutscht und sie trug keinen Schmuck an Ohren oder dem Hals. Also war Lady Vickers eine Spielerin. Lincoln fragte sich, was sie gesetzt hatte. Vielleicht hatte Seth ihr etwas Geld gegeben. Lincoln beobachtete, wie Buchanan ihren bloßen Nacken berührte und mit dem Daumen ihre Schulter entlangstrich. Er beugte sich vor, um ihr etwas ins Ohr zu flüstern.

„Also Sir, Sie stören meine Konzentration." Lady Vickers wedelte mit den aufgefächerten Karten vor ihrem Gesicht und lehnte sich von ihm weg. Es war eine so minimale Gewichtsverlagerung, dass die meisten es kaum bemerkt hätten, aber Lincoln sah es, ebenso wie Buchanan.

Er sah aus, als wollte er weggehen, als einer seine Freunde sich räusperte. Buchanan schien eine Entscheidung zu treffen. „Entschuldigen Sie bitte", sagte er gedehnt, die Hand auf dem Herzen. Seine drei Freunde hinter ihm kicherten. „Sie sind Lady Vickers, nicht wahr?"

Sie hielt ihm die Hand hin und er küsste sie. „Sind wir miteinander bekannt, Sir?"

„Jetzt sind wir es. Soll ich Ihnen helfen, diese Runde zu gewinnen? Ich bin ein hervorragender Spieler."

„Sind Sie das? Nun, dann bitte, gesellen Sie sich zu uns." Sie deutete auf einen freien Stuhl zu ihrer Rechten. „Ich liebe die Herausforderung."

Sie warf ihre Karten ab und schob die gesetzten Münzen zum Spieler gegenüber. Eine neue Runde wurde ausgeteilt, die sie gewann. Sie gewann auch die nächsten beiden und Buchanan verkündete, dass er raus war. Er stand unter dem Protest von

Lady Vickers auf, die behauptete, gern gegen ihn gespielt zu haben.

„Natürlich haben Sie das", murmelte Buchanan. „Sie haben mich ausgenommen."

Sie lachte, genau wie ihre Mitspieler.

Buchanan kehrte zu seinen Freunden zurück, die ebenfalls lachten. Während sie weggingen, reichte er jedem einen Geldschein. Lady Vickers sah ihnen mit einem zufriedenen Lächeln nach. Sie bemerkte Lincoln, nickte und wandte sich wieder ihrem Spiel zu.

Lincoln ging zurück in den Ballsaal, wo die Musiker einen Walzer anstimmten. Er entdeckte alle Komiteemitglieder, die sich in verschiedenen Gruppen unterhielten. Falls er gegen sie ermitteln wollte, musste er sich zu ihnen gesellen. Es würde eine lange Nacht werden.

Julia steuerte auf ihn zu und er erlaubte ihr, ihn abzufangen. „Warum bist du gekommen, Lincoln?", fragte sie, während sie mit der Diamant- und Saphirkette an ihrem Hals spielte.

„Mir wurde gesagt, ich sollte mehr unter Leute gehen." Über ihren Kopf hinweg beobachtete er Lord Marchbank. Der Adelige schien dem Mann zu seiner Rechten aufmerksam zuzuhören, einem liberalen Politiker. „Anscheinend werden alle wichtigen Entscheidungen auf Partys gefällt."

„Meistens Dinnerpartys. Warum dieses plötzliche Interesse an Politik? Du hast dich bisher nie um die Regierung geschert und ich gestehe, dass ich eher dachte, du stehst über all diesen Dingen."

„Ich bezog mich nicht auf Politik. Wenn du mich entschuldigst, ich muss mich unter die Leute mischen."

„Das tust du. Mit mir." Sie nippte an ihrem Champagner und beobachtete ihn über den Rand ihres Glases mit geübtem Wimpernschlag.

„Du und ich sind damit durch, Julia."

Sie senkte ihr Glas. „Wie du immer wieder betonst."

Er konnte nicht sagen, ob sie glaubte, dass es vorbei war, oder nicht. Sie schien zu denken, er würde seine Meinung wieder ändern. Charlie wegzuschicken und die Verlobung rückgängig zu machen, hatte wohl Julias Hoffnungen geschürt.

„Miss Overton kann ihren Blick kaum von dir abwenden." Sie nickte in Richtung des Mädchens, das im Schatten ihrer Mutter bei einer Gruppe Damen stand. „Warum bittest du sie nicht um einen Tanz?"

„Ich tanze nicht."

„Wenn du dich unter die Leute mischen willst, musst du tanzen lernen."

„Ich sagte nicht, dass ich nicht tanzen *kann*."

„Dann gibt es keine Ausreden."

„Außer, dass ich nicht tanzen will. Das Mädchen muss nicht ermutigt werden." Es wäre grausam, mit ihr zu tanzen, wenn er ihr gegenüber keine Absichten hegte. Aber es lag in Julias Natur, zu anderen grausam zu sein, wenn ihr der Sinn danach stand. Ihn mit der arglosen und gehorsamen Miss Overton zu verheiraten, würde den Weg für eine Frau freimachen, die seine Geliebte, aber nicht seine Ehefrau werden wollte.

„Ich weiß nicht, warum du dich gegen sie wehrst." Sie lächelte Miss Overton an, die in der Annahme hinter sich schaute, Julia würde sich für jemand anderen interessieren. „Sie würde die perfekte Ehefrau abgeben. Ihre Familie hat die besten Beziehungen und ist wohlhabend; sie ist gesund, hübsch und jung, genau wie du es magst."

„Lass es", knurrte er.

„Und sie ist ein wesentlich gefälligeres Mädchen als ... andere. Die könntest du sehr wohl im Griff behalten und wenn ich mir die Bemerkung erlauben darf, nach einem Jahr hättest du sie so geformt, wie auch immer es dir beliebt. Solange du dabei behutsam bist und ihr keine Angst einjagst." Die Augen, die sie auf ihn richtete, waren so kalt und hart wie die Juwelen an ihrem Hals.

Er drehte ihr den Rücken zu und schlängelte sich durch die Menge zu Lord Marchbank und dem Politiker, merkte aber schnell, dass er von ihrem Gespräch nichts Wichtiges erfahren würde.

Nach zehn Minuten nahm Marchbank mit einem „Danke, meine Liebe" einen Drink von seiner Frau entgegen. Sie nickte Lincoln zu und lächelte zögernd.

Lincoln streckte seine Hand aus, eher er es sich anders überlegte. „Tanzen Sie mit mir, Madam." Er zuckte zusammen. Es klang, als würde er ihr einen Befehl erteilen, nicht höflich bitten.

Das Gespräch neben ihnen verstummte. Lincoln beobachtete Lord Marchbank aus den Augenwinkeln, doch der schien nichts dagegen zu haben, dass ein anderer Mann seine Frau zum Tanzen aufforderte.

Lady Marchbank nahm Lincolns Hand. „Es wäre mir eine Freude, Mr Fitzroy. Danke."

Sie warteten am Rande der Tanzfläche, bis ein neuer Tanz begann. Lady Marchbank war die älteste Tänzerin auf der Fläche. Einige Zuschauer starrten und flüsterten, aber entweder bemerkte sie es nicht oder sie ignorierte es. Sie war etwas jünger als ihr Mann und noch immer eine Schönheit mit hohen Wangenknochen, zarten Gesichtszügen und silbernen Haaren. Außerdem konnte sie hervorragend tanzen und schwebte förmlich in Lincolns Armen. Ihr kleines Lächeln hob Lincolns Stimmung ein wenig, bis ihm einfiel, dass er ein Gesprächsthema brauchte.

„Das Wetter ist furchtbar heute Abend", fing er an.

„Grauenhaft", stimmte sie zu. „Ich tröste mich damit, dass es in March Hall noch viel schlimmer sein muss. In Yorkshire ist es immer kälter als in London."

Charlie war in Yorkshire. Lincoln hatte das Mädchenpensionat nicht selbst in Augenschein genommen, aber er wusste, dass das Gebäude einst einer reichen Familie gehört hatte, die es an die Direktorin verkauft hatte. Es würde Kamine geben—Dutzende—also mussten die Räume warm sein. Selbst wenn es nur einen gab, war das hundertmal besser als die verlassenen Gebäude, in denen Charlie die letzten paar Winter verbracht hatte.

Wie immer, wenn er an ihren Überlebenskampf auf der Straße dachte, zog sich ihm der Magen zusammen. Um diese Jahreszeit musste es die Hölle gewesen sein. Er hatte Tage in der Kälte des Winters verbracht, manche davon in der Stadt, andere auf dem Land, sowohl als Kind als auch als Erwachsener, aber nie mehr als das und er hatte immer gewusst, dass ein warmes Feuer, ein Bett und Essen am Ende der Strapaze auf ihn warteten.

Er zwang seine Gedanken zurück in die Gegenwart. „Verbringen Sie viel Zeit in March Hall?", fragte er, während sie an einem anderen Paar vorbei wirbelten.

„Sehr wenig. Ewan zieht London vor. Die Geschäfte, wissen Sie?" Ihr Lächeln deutete etwas an, aber Lincoln wusste nicht, was.

Er war sich nicht sicher, wie er weiter vorgehen sollte, ohne sie direkt zu fragen, ob ihr Mann hinter den Morden an den Übernatürlichen steckte. Er versuchte es mit: „Der Tod des Muskelmanns aus dem Zirkus ist eine üble Sache."

„Das ist wahr. Ewan ist sehr erschüttert, auch wegen der anderen Morde in jüngster Zeit."

Vor Überraschung stieß er beinahe mit einem anderen Paar zusammen, schaffte es aber in letzter Sekunde, seine Partnerin vor einem Zusammenstoß zu bewahren. Sie musste von dem Zusammenhang zwischen den Morden wissen. „Haben Sie mit Ihrem Mann darüber gesprochen?"

„Natürlich. Ich weiß vom Ministerium, Mr Fitzroy, und von der Arbeit, die Sie dort tun." Ihr Lächeln erreichte ihre blauen Augen und wurde dann betrübt. „Ich hoffe, Sie finden die verantwortliche Person, bevor noch ein Leben geraubt wird."

„Ich tue mein Bestes."

„Das bezweifle ich nicht." Ihr Schweigen fühlte sich belastet an, während sie weitertanzten. „Wenn Sie den Mörder geschnappt haben, werden Sie Miss Holloway hier nach London zurückbringen?"

„Ich habe sie dauerhaft weggeschickt."

„Danach habe ich nicht gefragt."

Die Musik endete und bewahrte ihn damit vor einer Antwort. Er verbeugte sich. Sie machte einen Knicks und gestattete ihm, sie von der Tanzfläche zu führen.

„Wissen Sie, Ewan macht sich Sorgen um Sie", sagte sie, bevor er sie bei ihrem Mann abliefern konnte.

„Das sollte er nicht", sagte Lincoln. „Ich werde jetzt nicht mehr abgelenkt. Mein Fokus liegt vollständig auf meiner Arbeit."

„Ist das so? Warum haben Sie dann den Mörder noch nicht gefasst?"

Er blinzelte und konzentrierte sich darauf, seine Atmung gleichmäßig zu halten, obwohl sich sein Brustkorb zusammenzog. „Das ist nicht so einfach."

„Nun gut, das gestehe ich Ihnen zu. Lassen Sie es mich anders formulieren. Warum haben Sie mich zum Tanzen aufgefordert, mich dann aber nicht über die Leute ausgefragt, die heute Abend hier sind?"

Er starrte sie an. War sie eine Seherin? Oder schlicht clever?

„Deswegen haben Sie mich doch aufgefordert, nicht wahr?", drängte sie.

„Ich ... vielleicht wollte ich einfach mit Ihnen tanzen."

„Das würde ich bei so manchem Gentleman vermuten, aber nicht bei Ihnen, Mr Fitzroy. Ich musste ein paar Augenblicke darüber nachdenken, aber als ich Ihr wahres Motiv erkannt habe, ergab es Sinn. Glauben Sie, dass jemand, der heute Abend hier ist, hinter den Morden steckt?"

„Ich bin mir nicht sicher."

„Dass Geheimhaltung nötig ist, verstehe ich, aber wenn Sie irgendetwas über jemanden in diesem Raum wissen möchten, dann brauchen Sie nur zu fragen. Julia würde natürlich auch gern helfen. Sie weiß vermutlich viel mehr als ich. Ich nehme nicht an so vielen gesellschaftlichen Anlässen teil wie sie."

Lincoln übergab Lady Marchbank an ihren Mann, verbeugte sich erneut und bedankte sich für den Tanz. Während er sich entfernte, war er heilfroh, sie nicht direkt nach Marchbank gefragt zu haben. Sie wäre misstrauisch geworden und Lincoln konnte es sich nicht erlauben, dass sie ihren Mann oder irgendjemand anderen vom Komitee vor seinen Befürchtungen warnte.

Den Rest des Abends verbrachte er damit, Julia und Mrs Overton aus dem Weg zu gehen. Letztere musste beschlossen haben, dass er es wert war, sich für ihre Tochter an seine Fersen zu heften. Er konnte sich beim besten Willen nicht vorstellen, warum. Er gab wohl kaum geeignetes Heiratsmaterial ab, schon gar nicht für Miss Overton. Der Abend wurde schnell zur Zeitverschwendung und Lincoln überlegte, früh zu gehen, als Seth auf ihn zusteuerte. Zwei Frauen und ein Mann mit käsigem Gesicht mussten doppelt schnell laufen, um mit seinen langen Schritten mitzuhalten.

„Gilly und seine Frau verhalten sich verdächtig", flüsterte Seth in Lincolns Ohr.

„Wie das?"

„Sie ziehen sich zu einem privaten Tête-à-Tête ins Musikzimmer zurück."

Lincoln sah ihn an.

Seth verdrehte die Augen. „Kein Gentleman hat ein privates Tête-à-Tête mit seiner *eigenen* Frau. Die hecken irgendetwas aus. Ich denke, Sie sollten sie belauschen."

Bevor Lincoln ihn weiter befragen konnte, ging er, wobei seine drei Freunde ihm wie Anhängsel folgten.

Das Musikzimmer grenzte an den Ballsaal an, aber Lincoln fand Lord und Lady Gillingham dort nicht. Was er fand, war ein Vorhang, der von einem kalten Luftzug aufgebläht wurde. Die Türen zum Balkon standen offen. Draußen musste der Regen aufgehört haben, aber es war eisig kalt, insbesondere für eine Dame im Abendkleid ohne ihren Mantel. Lincoln stellte sich neben einen Vorhang und lauschte dem leisen Streit des Paares.

„Das ist absurd", schnappte Gillingham. „Du machst uns beide lächerlich."

„Niemand hat uns gesehen." Lincoln erkannte die Stimme von Lady Gillingham. Er hatte sie zuvor gesehen. Sie trug ein Kleid in blassem Pink, die blonden Haare nach der neuesten Mode hochgesteckt. Sie war recht hübsch und einige Jahre jünger als ihr Mann. Lincoln fragte sich, ob die Ehe arrangiert worden war.

„Aber es ist eiskalt!", jammerte Gillingham.

„Dann mach schnell."

„Nein. Ich weigere mich, es hier zu tun. Das ist erniedrigend."

„Ich dachte, du magst so was." Lady Gillinghams Stimme klang wie Fingernägel auf einer Schiefertafel. „Ich dachte, das Problem zwischen uns ist, dass ich dir nicht zügellos genug bin."

Lincoln verfluchte Seth im Stillen. Hatte er gewusst, dass die Gillinghams den Ballsaal wirklich für ein Tête-à-Tête verlassen hatten? Es würde ihn nicht überraschen, wenn Seth sich damit einen Scherz erlaubt hätte.

„Du weißt, was das Problem zwischen uns ist", zischte

Gillingham, „und es hat nichts mit *mir* zu tun, sondern mit deiner ... wahren Natur."

Wahren Natur?

„Ich weiß, dass du mich unter dieser Haut hässlich findest."

„Ich finde dich abstoßend. Widerwärtig. Seit ich im Sommer entdeckt habe, was du bist, kann ich mich nicht überwinden, dich anzuschauen. Du hast mich betrogen, Harriet. Du und dein Vater, und ich mag das nicht und dich ganz sicher nicht."

Lincoln musste sich anstrengen, um ihre Antwort zu verstehen. „Früher hast du das."

„Das war vorher, als ich noch dachte, du wärst ... menschlich."

„Das bin ich!"

Gillingham schnaubte. „Sieh dich doch an. Du zitterst noch nicht einmal."

„Vor dem Gesetz sind wir verheiratet, Gilly, und du hast keinen Grund, dich von mir scheiden zu lassen, nicht, ohne jede Menge unangenehmer Fragen aufzuwerfen, die du nicht gestellt haben möchtest. Wir können genauso gut das Beste daraus machen."

„Was willst du von mir, Harriet? Warum belästigst du mich?"

„Ich will Kinder. Ich will dir einen Erben schenken."

Gillingham gab einen erstickten Laut von sich. „Ist das ein Witz?"

„Ich bin bereit, alles zu tun, Gilly. Ich werde diese Gestalt während der Intimitäten beibehalten, das verspreche ich. Ich werde anziehen, was auch immer du möchtest und sagen, was du dir wünschst. Bitte, mein Ehemann. Bitte, ich möchte unbedingt Mutter werden."

„Mein Gott", höhnte er. „Glaubst du, eine widerliche Kreatur wie du sollte sich fortpflanzen? Bist du wahnsinnig?"

Ihr scharfes Luftholen zischte durch die kalte Nachtluft. „Du enthältst mir die Mutterschaft vor? So sehr hasst du mich?"

„Du ekelst mich an und ich will ganz sicher nicht, dass meine Kinder auch nur annähernd so sind wie du. Da lasse ich lieber die Linie der Gillinghams aussterben, als sie mit dem zu verunreinigen, was in deinen Adern fließt. Ich mache es mir zur

Lebensaufgabe, dass solch unnatürliche Kreaturen wie du ausgerottet werden. Verstehst du, Harriet?"

Lady Gillingham schluchzte laut auf.

Der Vorhang wurde plötzlich zur Seite geworfen und landete in Lincolns Gesicht, sodass er nicht sehen konnte, wer vom Balkon ins Zimmer kam. Er stand still, während der schwere Samt gerade rechtzeitig zurückschwang, um Gillingham aus dem Zimmer marschieren zu sehen. Sein Gehstock berührte nicht einmal den Boden. Kurz darauf folgte Lady Gillingham, die sich mit einem Taschentuch die Nase tupfte. Sie trug ein schulterfreies Kleid, dennoch zitterte sie nicht und schien gar nicht zu frieren.

Wie ihr Mann bemerkte sie Lincoln nicht, der stumm im Schatten beim Vorhang stand. Nach einem tiefen Seufzer verließ sie ebenfalls das Zimmer, aufrecht und elegant wie eine Frau ihres Standes sich halten sollte. Doch laut ihrem Mann war sie widerwärtig, unnatürlich—sogar unmenschlich.

Wenn Lady Gillingham also kein Mensch war, was war sie?

* * *

„IHR NAME STEHT NICHT in den Ministeriumsakten." Lincoln warf seine Jacke auf das Bett und löste seine Krawatte. Das verdammte Ding hatte sich die letzte Stunde angefühlt wie eine Galgenschlinge, während er mit sich gerungen hatte, ob er den Ball verlassen sollte oder länger bleiben, um noch mehr zu erfahren. Er war schließlich gefahren, als Lady Vickers verkündet hatte, sie wollte sich zurückziehen. Anscheinend hatte sie viel zu viel beim Kartenspiel gewonnen und niemand wollte mehr gegen sie antreten. Außerdem hatte sie das ein oder andere über ihren Sohn gehört, das ihr nicht gefallen hatte.

Als sie Seth konfrontiert hatte, hatte er schlicht mit den breiten Schultern gezuckt und gesagt: „Der Apfel fällt nicht weit vom Stamm."

„Soll'n wir nochmal nachgucken, Sir?", fragte Gus. „Vielleicht stehtse unter ihrem Mädchennamen drin."

„Tut sie nicht." Lincoln warf sein Hemd auf den wachsenden Kleiderhaufen auf dem Bett.

Mit einem Seufzer legte Seth sie ordentlich zusammen, als wäre er ein pingeliger Kammerdiener. „Woher wissen Sie das?"

„Ich kenne jede unserer Akten auswendig."

Seth brummte. „Warum überrascht mich das nicht?"

„Und Sie haben ganz bestimmt gehört, wie Gillingham die Anmache seiner Frau abgelehnt hat?", fragte Gus. „Kommt mir komisch vor. Die is doch'n hübsches kleines Ding. Kann mir nich vorstellen, dass irgendein Kerl die nich in seinem Bett haben will."

Lincoln funkelte ihn an. „Du zweifelst an mir?"

„Äh, nö."

„Was glauben Sie also, was sie ist?", fragte Seth.

Lincoln zog sich sein schwarzes Hemd über den Kopf. „Ich weiß es nicht, aber ich habe vor, es herauszufinden."

„Sie gehen aus?" Seth nickte in Richtung Lincolns schwarzem Hemd und der schwarzen Wollweste. „Jetzt? Aber es ist grässlich da draußen."

„Ich werde sehen, was ich über sie herausfinden kann."

„Indem Sie sie beim Schlafen beobachten? Das ist nicht normal."

„Meine Methoden haben dir noch nie zuvor Sorgen gemacht." Lincoln musste wissen, ob sie der Grund war, warum Gillingham Übernatürliche hasste, vielleicht genug, um sie umzubringen. Ihm ging nach, was Gillingham auf dem Balkon zu seiner Frau gesagt hatte—er hatte ihr Geheimnis im Sommer entdeckt. Charlies Existenz war ihnen im Sommer zu Ohren gekommen. Gab es zwischen diesen beiden Fakten einen Zusammenhang? Konnte ihn die Entdeckung von Lady Gillinghams „wahrer Gestalt" dazu gebracht haben, die Welt von allen Übernatürlichen zu befreien?

„Ich habe meine Meinung nie zuvor geäußert." Seth verschränkte die Arme. „Aber ich habe keine Lust mehr, mich zurückzuhalten. Ist das ein Problem für Sie, Sir?"

„Nicht, solange du kein Problem damit hast, dass ich dich ignoriere."

Gus konnte sich ein Lachen nicht verkneifen, dass aber schnell unter Seths wütendem Blick erstarb.

Lincoln zog die Lederhandschuhe mit den verstärkten

Knöcheln an und schlüpfte in seine Jacke und Stiefel. Er steckte in jeden Stiefel ein Messer und ein weiteres in den Hosenbund. Dann nickte er seinen Männern zu und ging an ihnen vorbei zur Tür.

„Ihr Schlafzimmerfenster ist das Dritte von rechts, dritte Etage", sagte Seth.

Lincoln blieb stehen. „Du warst mit ihr intim?"

Seth zuckte mit einer Schulter. „Sie ist hübsch und ihr Mann hat sie nicht beachtet. Sie brauchte ... Linderung."

Gus kratzte sich am Nacken, der von der Fahrt durch den Regen noch feucht war. „Is dir was an ihr aufgefallen? Hat sie ... du weißt schon ... sich wie eine normale Frau benommen, als sie ... öhm ...?"

„Du meinst, hat sie voller Ekstase meinen Namen gerufen, die Laken mit den Fäusten gepackt und den Rücken durchgedrückt, während ihr Körper gebebt hat?" Seth grinste ihn selbstzufrieden an. „Ja, das hat sie alles getan, und noch mehr. Sie hat sich wie jede andere normale Frau benommen, mit der ich zusammen war."

Gus verdrehte die Augen. „Soll ich Sie fahren, Sir?"

„Ich laufe", sagte Lincoln.

„Aber es dauert ewig, zurück nach Mayfair zu kommen."

„Nicht, wenn ich die Abkürzung nehme."

„Welche Abkürzung?"

„Über die Dächer." Seine Flucht über das Dach von O'Neills Haus war erfrischend gewesen. Heute Nacht würde es rutschiger sein, aber dann blieb Lincoln wachsam und fokussiert. Er *musste* sich fokussieren.

* * *

LINCOLN SCHOB das Fenster hoch und lauschte auf den gleichmäßigen Atem einer schlafenden Person. Sie war laut für eine junge Frau und die dunkle Form im Bett war größer, als er erwartet hatte. Vielleicht war das doch nicht Lady Gillinghams Zimmer, sondern das ihres Mannes.

Er zog sich die Stiefel aus, ehe er vom Fensterbrett stieg und geräuschlos auf den Boden trat. Die Atmung setzte aus. Die

Form bewegte sich. So geräuschlos er gewesen war, sie hatte ihn gehört—oder gespürt.

Sie setzte sich auf. Drehte sich zu ihm um.

Verflixt!

Er trat zurück und prallte wie ein Amateur gegen die Wand. Sein Puls beschleunigte sich. Vielleicht war das Licht nur schwach, aber es reichte aus, um das … das Ding zu sehen, das sich im Bett aufsetzte und keineswegs die Form einer Frau hatte. Es war groß, dick und mit Haaren oder Fell bedeckt.

„Wer ist da?", sagte eine Stimme, die wie Lady Gillinghams klang. „Wer?"

Trotz seiner flinken Wendigkeit war Lincoln nicht schnell genug. Die Kreatur—Frau—sprang aus dem Bett und legte ihre riesigen Pfoten um seinen Hals, ehe er sich bewegen oder auch nur einen Piep von sich geben konnte.

Er wehrte sich, trat um sich und trommelte mit den Fäusten auf den wolfähnlichen Brustkorb ein. Er versuchte, die Pfoten wegzuschieben, aber sie waren zu eng, der Griff zu stark. Seine Kehle fühlte sich an, als würde sie zerdrückt. Schwärze umrahmte sein Gesichtsfeld. Er spürte, wie er ohnmächtig wurde, während ein Paar gelber, unmenschlicher Augen zusah, wie ihn sein letzter Atemzug verließ.

ugen. Finger in die Augen.

Der Gedanke huschte durch Lincolns Kopf. Er griff nach oben und bohrte seine Finger in das Gesicht der Kreatur.

Sie ließ ihn los und trat zurück aus seiner Reichweite heraus. Er hätte sich auf sie stürzen sollen, aber alles, wozu er fähig war, war nach Luft zu schnappen. Jeder Atemzug brannte in seinem geschundenen Hals, doch der erste Schluck schmerzte noch mehr. Es fühlte sich an, als wollte er einen Fußball schlucken.

„Sie!" Die Stimme war Lady Gillinghams weibliche. Er schaute auf und sah sie starr vor sich stehen, die Hände auf den Hüften. Ihr Nachthemd verbarg ihre weiblichen Kurven nur mäßig. Sie war hübsch, jung und das einzige sichtbare Haar war das auf ihrem Kopf. Es war zu einem ordentlichen Zopf gebunden, der über ihrer Schulter lag. „Was tun Sie hier, Mr Fitzroy?" Sie klang erbost, entsetzt und überhaupt nicht ängstlich. Eine normale Frau wäre verängstigt, wenn sie mit einem fremden Mann im Zimmer aufwachen würde. „Nun? Antworten Sie mir."

Er schluckte noch einmal. Etwas besser diesmal. Der Ball war auf die Größe eines Kricketballs geschrumpft. „Ich wollte wissen, was Sie sind." Es war sinnlos, etwas anderes vorzugeben. Höflichkeit lag nicht in seiner Natur. Abgesehen davon hatten sie diese Grenze längst überschritten. „Sie sind kein Mensch.“

Ihre Hände rutschten von ihren Hüften zu ihren Seiten, aber im Dunkeln konnte er ihren Gesichtsausdruck nicht ausmachen. „Sie wissen bereits, was ich bin.“

„Nein, das tue ich nicht.“

„Ich verstehe nicht. Gilly hat mir alles über das Ministerium erzählt, als er mich in … der Form erwischt hat. Er sagte, ich wäre zusammen mit anderen Übernatürlichen in ihren Akten erfasst worden. Ich nehme an, er versuchte, mich einzuschüchtern, aber das machte mir nichts aus. Was Sie tun, halte ich für eine feine Sache und recht notwendig.“

Lincoln zeigte auf eine Kerze auf ihrem Nachttisch. „Darf ich?“

„Oh, ja, natürlich. Sie können mich nicht gut sehen.“ Sie reichte ihm eine Streichholzschachtel und er zündete die Kerze an.

„Sie können mich sehen?“, fragte er.

„Mein Sehvermögen ist exzellent, auch im Dunkeln.“

„So wie Ihr Gehör.“ Er hielt die Kerze hoch. Licht flackerte über die glatte Haut ihres Gesichts und zeigte eine gerunzelte Stirn. „Oder haben Sie mich mit einem anderen Sinn bemerkt?“

„Erst mit dem Gehör, dann kam der Geruch.“ Die Furche auf ihrer Stirn vertiefte sich. „Hat Gilly Ihnen nicht alle Details genannt?“

„Er hat mir nichts von Ihnen erzählt. Ihre … alternative Form hat mich überrascht.“ Eher schockiert, was er gut überspielt haben musste, wenn sie es nicht erkannt hatte.

Sie setzte sich plötzlich aufs Bett und faltete die Hände im Schoß. Sie hatte weder nach einer Decke noch nach einem Kleidungsstück gegriffen, um ihr Nachthemd zu bedecken. So wie zuvor auf dem Balkon schien ihr die Kälte nichts auszumachen. „Ich verstehe nicht. Warum sollte Gilly behaupten, er hätte es Ihnen gesagt, wenn er es nicht getan hat?“

Scham. Stolz. Lincoln kam auf eine Reihe von Gründen, aber er war sich nicht sicher, welche davon Gillinghams Lüge befeuert hatte. Es war ihm auch egal. „Das werden Sie ihn fragen müssen.“

Sie schnaubte leise. „Er wird es mir nicht sagen." Ihre Schultern sackten herab und sie betrachtete ihre Hände. „Dieser Tage redet er kaum noch mit mir."

Es schien, als würde er sie auch für Intimitäten meiden. „Was sind Sie, Madam?"

Sie schaute hoch. „Sie wissen es nicht? Selbst mit all Ihrer Erfahrung?"

„Mir ist noch nie jemand wie Sie begegnet."

„Oh. Ich hatte gehofft, Sie könnten es mir sagen. Ich habe keinen Namen dafür. Mein Vater hat es mir nie gesagt und jetzt ist er weg."

„Sie haben diese … Magie von ihm geerbt?"

Sie nickte. „Mein Vater konnte seine Gestalt auch verändern. Als ich noch klein war, hat er mir gesagt, immer meine menschliche Form zu benutzen und keiner Menschenseele von der anderen zu erzählen. Anscheinend hat er meiner Mutter nie etwas davon gesagt. Ich weiß allerdings nicht, wie sie reagiert hat, als sie mich das erste Mal verwandelt sah. Sie starb, als ich noch sehr klein war, daher werde ich es nie erfahren. In letzter Zeit frage ich mich, ob es sie umgebracht hat, mich als Monster zu sehen."

„Sie sind kein Monster."

Ihr Kopf schnellte hoch. Die Augen füllten sich mit Tränen. Was hatte er gesagt? Warum wollte sie weinen? „Finden Sie nicht?", flüsterte sie.

„Sobald Sie mich erkannt hatten, haben Sie mich losgelassen. Ein Monster hätte mich umgebracht, insbesondere nachdem ich Zeuge Ihrer anderen Form wurde. Sie haben Ihren Mann auch nicht getötet." Obwohl sie das gelegentlich gewollt haben musste. Gott wusste, dass Lincoln es wollte—und zwar häufig.

„Vermutlich."

„Hat er es per Zufall herausgefunden?"

Sie nickte. „Er kam eines Nachts hierher, um … mich zu sehen. Ich schlief. Wenn ich schlafe, kann ich nicht kontrollieren, welche Gestalt ich annehme." Ihre Finger verknoteten sich. „Er war entsetzt und hat alles zusammen geschrien."

Lincoln bezweifelte das keine Sekunde.

„Ich habe mich sofort in diese Gestalt verwandelt, aber es hat eine ganze Weile gedauert, ihn zu beruhigen. Sein Geschrei hat die Dienerschaft geweckt und ich musste sie wegschicken, bevor ich ihm alles erklären konnte. Seither ist er nicht mehr derselbe. Er schaut mich nicht mal mehr an und weigert sich jetzt, mich … zu besuchen."

„Wann ist das passiert?"

„Im Spätsommer. Er war unterwegs in seinem Klub. Ich hatte gehofft, er würde morgens aufwachen und vergessen, was er gesehen hatte, oder es vielleicht auf seine Trunkenheit schieben. Leider tat er das nicht." Sie seufzte und lächelte schwach. „Ich habe mich mit seinem Ekel und seiner Furcht vor mir abgefunden. Er wird sich nicht von mir scheiden lassen, weil er keinen Grund hat, es sei denn, er erzählt jedem, was ich wirklich bin. Dafür ist er zu stolz. Abgesehen davon würde ihm niemand glauben. Also wird er mich nicht los."

„Und Sie ihn nicht." Lincoln fand, dass sie bei der Abmachung den Kürzeren gezogen hatte.

Sie schaute unglücklich und schob die Unterlippe vor. „Wenn ich schwanger werden würde, wäre ich recht glücklich."

Von ihrer familiären Situation wollte Lincoln nichts hören. Er wusste schon mehr, als ihm lieb war. „Die Archive des Ministeriums enthalten keine Berichte von Ihnen oder von sonst jemandem, der sich wie Sie in ein Tier verwandeln kann."

„Also hat Gilly es keiner Menschenseele erzählt. Das ist immerhin etwas."

„Ich werde einen Bericht in unseren Akten über Sie anlegen, diesen aber unter Verschluss halten, wenn Sie das wünschen. Die anderen Komiteemitglieder müssen nichts davon erfahren, nur meine Angestellten. Ich werde auch Ihrem Mann nichts von diesem Gespräch erzählen und bitte Sie, dies ebenfalls nicht zu tun. Es ist das Beste, wenn er nichts weiß."

„Natürlich. Er würde es nicht verstehen. Danke für Ihre Rücksicht, Mr Fitzroy. Es macht mir nichts aus, wenn Sie eine Akte über mich anlegen. Mir gefällt der Gedanke, für die Nachwelt festgehalten zu werden. Ich bin einzigartig, sagen Sie?"

„Soweit ich weiß, aber ich fange an zu glauben, dass unsere

Aufzeichnungen bedauernswert unvollständig sind." Er zeigte auf das Bett neben ihr und sie nickte. Er setzte sich. „Darf ich Ihnen einige Fragen stellen?"

„Natürlich." Ihr Lächeln war etwas wackelig. „Es ist schön, mal mit jemandem darüber zu reden. Jemand, der keine Angst vor mir hat oder sich ekelt."

Nach einer halben Stunde hatte er erfahren, dass sie ihre Gestalt mit Leichtigkeit zwischen menschlich und tierisch wandeln konnte, wann immer sie wollte. Sie besaß das Gehör, die Sehfähigkeit sowie den Geruchssinn eines Tieres und war auch in ihrer anderen Gestalt weiblich. Ihr Vater hatte ihr gesagt, dass sie in der Lage sein sollte, Kinder zu bekommen, und dass diese vermutlich einige ihrer Eigenschaften haben würden, wenn auch schwächer ausgeprägt. Ihr Vater war schneller und stärker gewesen als sie, seine Sinne schärfer. Er hatte ihr nie gesagt, warum er so geboren worden war oder welches Elternteil es ihm vererbt hatte. Seine Eltern waren gestorben, als er noch klein gewesen war, also war es möglich, dass sie es ihm nie gesagt hatten.

„Danke", sagte Lincoln und erhob sich. „Ich weiß Ihre Ehrlichkeit zu schätzen. Und dass Sie mich nicht erwürgt haben."

Sie lachte leise. „Ich muss lernen, diesen Drang zu beherrschen. Ich vergesse meine eigene Stärke und würde einen Einbrecher ungern erdrosseln."

Er zog seine Stiefel wieder an und kletterte auf das Fensterbrett. „Gute Nacht, Madam."

„Möchten Sie lieber durch die Haustür gehen?", fragte sie.

„Das hier ist leiser."

„Es ist sehr hoch. Wenn Sie fallen, sterben Sie."

„Dann werde ich nicht fallen."

Sie lachte wieder. „Sind Sie sicher, dass Sie nicht auch zum Teil ein Tier sind? Vielleicht ein Affe?"

„Nicht, dass ich wüsste." Er schwang die Beine durch das Fenster und kletterte über das Rohr an der Wand nach oben.

„Gute Nacht", flüsterte sie.

Er schaute nach unten, als er das Dach erreichte. Sie winkte ihm vom Fenster aus zu und schloss es dann. Lincoln machte sich über die Dächer auf den Weg zurück durch die Stadt. In Clerkenwell hielt er inne und kletterte dann zur Straße hinunter. Charlies Bande hatte in einem der heruntergekommenen Häuser gelebt. Der Eingang zu ihrem Quartier war vor Blicken verborgen. Lincoln hatte seine Kontakte ausgefragt, damals, als er im Sommer nach ihr gesucht hatte. Es hatte ihn eine ganze Stange Geld gekostet. Die wenigsten hatten gewusst, wo der „Junge“ zu finden war, der aus der Highgate-Polizeistation geflohen war.

Er schlüpfte aus seinem Mantel, faltete ihn zusammen und legte ihn neben das mit Brettern zugenagelte Loch in der Wand. Dann klopfte er gegen die Bretter und nutzte den Dachfirst, um sich auf das Nachbardach zu ziehen. Ein Kopf erschien in dem Eingang, schaute nach rechts und links, aber nicht nach oben. Eine Hand schoss heraus, packte den Mantel und verschwand damit hinein.

Lincoln machte sich auf den Weg nach Hause.

* * *

BEIM STANDESAMT WAREN keine Aufzeichnungen über die Geburt von Lady Gillinghams Vater zu finden. Das bedeutete nicht, dass es nicht in einem anderen Bezirk außerhalb Londons welche gab, aber da sie nicht wusste, woher er gekommen war, würde es unmöglich sein, mehr über ihn herauszufinden.

Im Moment war das egal. Es würde Lincoln nicht helfen, den Mörder zu finden. Er musste wissen, ob Gillingham über die wahre Gestalt seiner Frau entrüstet genug war, um andere Übernatürliche zu töten. Er hatte bereits Gus darauf angesetzt, die Bewegungen des Barons zu verfolgen. Seth würde ihn später ablösen. Sie sollten ihn nicht aus den Augen lassen.

Seth setzte Lincoln an der Haustür ab und fuhr weiter zum Kutschenhaus. Doyle nahm Lincolns Hut und Mantel entgegen.

„Hier ist ein Kerl, der Sie sprechen möchte, Sir.“ Der angeekelte Gesichtsausdruck von Doyle sagte Lincoln, dass er den Kerl wahrscheinlich im Dienstbotenbereich finden würde, nicht im Empfangszimmer. „Er hat sich geweigert, seinen Namen zu sagen, aber er ist ziemlich zerlumpt und hält sich für einen Spaßvogel. Der Koch hat ihn beinahe mit dem Fleischerbeil und seinem furchteinflößenden Blick weggejagt, aber ich habe ihn zum Bleiben überredet."

Das klang nach Billy dem Ausreißer. „Danke. Schicken Sie ihn in die Bibliothek."

Lincoln ging selbst dorthin und goss sich einen Brandy ein. Billy kam hereinstolziert, blieb dann aber mit der Mütze in der Hand stehen. Angesichts der kostbaren Samtvorhänge, der Wände voller Bücher und der schweren Möbel, die Doyle auf Hochglanz poliert hatte, klappte ihm die Kinnlade herunter.

„Nett." Billy bewegte sich weiter in den Raum, stolzierte aber nicht mehr.

Lincoln reichte ihm das Glas. „Nun?"

„Gleich zur Sache, was?" Billy schnupperte am Brandy und kippte ihn dann herunter. Er wischte sich den Mund mit dem Ärmel ab und hielt Lincoln das Glas für Nachschub hin. Lincoln tat ihm den Gefallen und Billy trank auch das. „Haben Sie mein Geld?"

„Ich werde Sie bezahlen, wenn Ihre Information etwas taugt."

Billy dachte darüber nach und nickte dann. „Ich habe in den Kneipen was über den Schützen gehört. Ich glaube, ich weiß, wer er ist."

„Weiter."

„Nachdem wir das letzte Mal geredet haben, hab' ich mir in den Kopf gesetzt, mal hier und da rumzufragen, ganz stiekum. Nur die, denen ich vertrauen kann." Er hielt einen Finger hoch und grinste, wobei er seine gelben Zähne entblößte. „Bin ja nich doof."

Erwartete der Mann jetzt eine Bestätigung? „Weiter."

„Meine Schwester hat mir von so 'nem Typ erzählt, der in der Osborne Street rumhängt, wo'n Paar Nutten ihre Geschäfte machen. Sie arbeitet nich auf der Straße, aber'n Paar von ihren Freundinnen schon. Tja, eine von denen hat gesagt, so'n Typ würde das Geld mit beiden Händen rauswerfen. War bei allen Mädels. Der war früher schon da, hatte aber nie Kohle, bis jetzt.

Die Freundin von meiner Schwester hat ihn gefragt, wo er die Kohle her hat, und er hat gesagt, das wär geheim, hätte aber was mit seiner Knarre zu tun. Sie hat ihm nich geglaubt, dass er eine hat, also hat er sie ihr gezeigt."

„Sie hat seine Waffe gesehen?"

„Jou, sie schwört drauf. Vermutlich hat er sie irgend'nem feinen Schnösel geklaut und seitdem erzählt er rum, für den richtigen Preis würde er sie benutzen."

„Kennen Sie diesen Kerl?"

„Ich weiß *von* ihm. Name ist Jack Daley und der ist ein mieser Typ. Der bringt einen Mann um, wenn er ihm querkommt."

„Oder wenn er bezahlt wird?"

„Jou."

„Wissen Sie, wo ich ihn finden kann?", fragte Lincoln.

„Der wohnt in 'nem Obdachlosenhaus in der Flower and Dean Street. Keine Ahnung in welchem."

„Noch was?"

„Jou. Wenn Sie ihn erwischen, sagen Sie ihm bloß nicht, wie Sie ihn gefunden haben."

„Das ist selbstverständlich."

„Nee, isses nich." Billy wurde ernst. „Der würde meiner Schwester und deren Freundin arg wehtun, wenn der wüsste, dass die geplappert haben. Mehr Grund braucht der nich, um denen die Kehle aufzuschlitzen."

Lincoln holte das Geld für Billy und bat ihn, einen Teil davon an seine Schwester und die Freundin weiterzugeben. Fast hätte er noch einige Kleider geholt, die Charlie zurückgelassen hatte, entschied sich aber dagegen. Dazu hätte er in ihr Zimmer gehen müssen.

„Danke, Sir. War nett, wieder mit Ihnen Geschäfte zu machen." Billy zog sich an der Stirnlocke und verschwand unter dem missbilligenden Blick von Doyle durch die Haustür.

„Möchten Sie zu Mittag essen, Sir?", fragte Doyle, nachdem er die Tür geschlossen hatte.

„Bringen Sie mir etwas in meine Gemächer. Und schicken Sie Seth zu mir, wenn er draußen fertig ist."

Lincoln machte sich auf den Weg nach oben, nur um auf dem Treppenabsatz von Lady Vickers abgefangen zu werden. Sie stellte sich ihm in den Weg, als er versuchte, um sie herum zu gehen. Er hätte die Dienstbotentreppe nehmen sollen.

„Ich würde gern wissen, ob ich heute Nachmittag Besucher empfangen darf", sagte sie mit einem Neigen ihres Kinns. Heute wirkte sie wie eine größere Ausgabe der Königin, ganz in schwarz gekleidet mit einer schwarzen Spitzenhaube auf den Haaren. Er vermutete, dass sie damit die schlechte Arbeit der Magd verbergen wollte, die ihr die Frisur gesteckt hatte. Einige Strähnen lösten sich bereits.

„Mir ist egal, ob Sie Gäste empfangen oder nicht", sagte Lincoln.

Wieder versucht er, sich an ihr vorbei zu schieben, aber sie stellte sich erneut in den Weg. „Und Sie, Mr Fitzroy? Werden Sie zugegen sein, um Besucher zu empfangen?"

„Ich erwarte keine. Diejenigen, die mich besuchen, sind es gewohnt, dass ich kaum zu Hause bin."

„Ich denke, heute wird es anders sein."

„Das bezweifle ich."

Sie schenkte ihm ein wissendes Lächeln, als ob sie etwas wüsste und er nicht. „Haben Sie nichts von der Sensation bemerkt, die Ihre Anwesenheit gestern Abend verursacht hat?"

Er hatte Julias Aufmerksamkeit bemerkt, und die Blicke von Miss Overton und ihrer Mutter, aber das konnte man wohl kaum als Sensation bezeichnen. „Ich glaube, Sie irren sich."

„Aber nein, Mr Fitzroy. Wenn es um Sensationen geht, irre ich mich nie. Und Sie, Sir, sind eine. Anscheinend gehen Sie selten auf Bälle oder Partys, und damit sind Sie eine Kuriosität. Ein Hauch von Mysterium macht einen Gentleman sehr anziehend, insbesondere einen wohlhabenden. Ihre unbekannte Abstammung wird für Sie bei den Damen kein Hindernis sein, aber einige der Väter sind wesentlich vorsichtiger."

Er hielt die Hände hoch. „Ich bin nicht am Markt."

Sie machte ein abfälliges Geräusch. „Unsinn. Alle unverheirateten Gentlemen sind am Markt. Wir können dieses neue Interesse zu unserem Vorteil nutzen."

„Wir?"

Sie schnalzte mit der Zunge. „Muss ich es Ihnen buchstabieren?"

„Ja."

Sie seufzte. „Wirklich, für einen cleveren Mann sind Sie sehr dumm. Lassen Sie es mich in einfachen Worten erklären. Jetzt, da Sie in der Gesellschaft in Erscheinung getreten sind, sind die heiratsfähigen Mädchen durchgedreht. Das gilt natürlich doppelt für meinen Sohn, da er einen Titel trägt. Normalerweise würden zwei gut aussehende, interessante Junggesellen Probleme verursachen. Ich weiß nicht, wie Marjory Wadsworth es hinbekommen hat. Sie hat Zwillinge, wissen Sie?"

„Und?"

„Nicht reden, nur zuhören. Normalerweise gewinnt der beste Kandidat das beste Mädchen und natürlich wäre das Seth, da er so umgänglich ist. Es tut mir leid, wenn ich so direkt bin, Mr Fitzroy, aber es wird Sie sicher nicht schockieren, wenn Sie erfahren, dass manche Mädchen vor Ihnen genauso viel Angst haben, wie sie von Ihnen fasziniert sind."

„Ich bin nicht schockiert."

„Aber da Seths Ruf etwas … angeschlagen ist, ist Ihr Stern deutlich gestiegen und ich würde Sie beide in diesem Rennen als ebenbürtig bezeichnen. Die Mädchen müssen sich nur zwischen einem wohlhabenden Gentleman—nämlich Sie—und einem mit Titel entscheiden. Das teilt die Mädchen recht gleichmäßig in zwei Gruppen auf—diejenigen, die Geld heiraten müssen, und die, die es sich leisten können, nach einem angenehmen Gentleman mit Titel zu fischen. Vergessen Sie diese alberne Miss Overton. Keine Ahnung, was sich Julia dabei denkt. Sie wäre für meinen Seth viel passender, auch wenn ich mir da Besseres vorstellen könnte. Sie, andererseits, würden hervorragend zu dem Chester Mädchen passen. Der Vater ist nichts Geringeres als ein Viscount und das Anwesen ist ruiniert. Er will sie verzweifelt unter die Haube bringen. Sie schielt etwas, vermutlich braucht sie eine Brille, aber das sollte Sie nicht stören. Sie ist recht spritzig und besitzt einen starken Willen, was Sie gern mögen, wie Seth mir sagt—"

„Genug! Ich will keine Frau."

„Aber Sie brauchen eine. Abgesehen davon, Sie hatten eine Verlobte ..."

„Und jetzt habe ich keine." Er musste sehr grimmig geguckt haben, denn Lady Vickers wich vor ihm zurück. Eigentlich schien sie nicht die Art Frau zu sein, die leicht einzuschüchtern war. „Ich stehe nicht für Besucher zur Verfügung, weder heute noch an irgendeinem anderen Tag."

„Ich verstehe. Was ist mit meinem Sohn?"

„Er kann heiraten, wen auch immer er will, aber nicht heute Nachmittag, da muss er für mich arbeiten." Wieder wollte er an ihr vorbei und wieder stellte sie sich ihm in den Weg. Sie hochzuheben und aus dem Weg zu räumen würde bei ihr nicht so leicht gelingen wie bei Charlie, wenn sie ihm im Weg stand, aber er würde es versuchen, wenn es nötig wurde.

„Seth ist nicht Ihr Diener", sagte sie steif.

„Das sehe ich anders. Entschuldigen Sie mich, Madam."

Sie schob die Brust raus, als wollte sie sich größer machen. „Er ist Lord Vickers, vielen Dank."

„Sie und Ihr Sohn leben unter meinem Dach, weil ich es erlaube. Ich kann Sie auch rauswerfen, wenn ich das will."

Ihre Hand flatterte auf ihrer Brust und Tränen sammelten sich in ihren Augen. Es war jedoch Lincoln, der einen Schritt zurücktrat. Vielleicht war er zu weit gegangen. Manchmal vergaß er, dass Frauen wesentlich empfindsamer waren. Ihm fiel auf, dass Charlie ihre Röcke gerafft hätte und an ihm vorbei gestürmt wäre, wenn er so mit ihr geredet hätte. Vermutlich hätte sie auf der Stelle Lichfield verlassen, nur um ihre Meinung zu untermauern.

„Sie machen alles absichtlich schwer", sagte Lady Vickers leise. „Ich mag das nicht."

Er atmete tief ein, um seine aufsteigende Wut zu unterdrücken. Diese Frau verdiente seinen Zorn nicht. „Ich weise lediglich darauf hin, dass dies hier mein Haus und Ihr Sohn bei mir angestellt ist. Er kann nicht einfach tun, was ihm gefällt." Er hielt erneut die Hände hoch. „Sofern er bezahlt werden möchte."

Sie verzog das Gesicht. „Es ist nicht nötig, mir das unter die

Nase zu reiben. Mir sind unsere eingeschränkten Umstände durchaus bewusst."

„Dann kümmern Sie sich freundlicherweise selbst um Ihre Besucher. Seth und ich werden nicht zu Hause sein."

„Nun gut." Wieder schob sie ihr sehr entschlossenes Kinn vor und Lincoln wappnete sich. Sie hatte noch nicht aufgegeben. „Aber ich sollte Sie warnen, dass Sie hier nicht so sehr das Sagen haben, wie Sie annehmen."

„Ich zahle alle Löhne. Ich habe vollständige Kontrolle."

Sie wedelte mit der Hand. „Pah. Sie bezahlen sie, aber das gibt Ihnen keine Kontrolle. Wenn ich Sie mir so ansehe, dann sehe ich nur einen Mann, der von hier nach dort hastet und seine Freunde behandelt, als wären sie Angestellte."

„Sie sind Angestellte", knurrte er.

„Seth ist das nicht." Sie sagte das, als wäre es eine Tatsache, ohne Bosheit oder Großspurigkeit. „Er ist Ihr Freund und er versucht, Ihnen zu helfen, aber Sie machen es ihm und diesem anderen Kerl unmöglich. Sie sind zu beschäftigt, Schatten nachzujagen und bloß *nicht* in sich hinein zu horchen."

Er versteifte sich. Wenn er rohe Kraft anwendete, konnte er sie beiseite rempeln. Allerdings bezweifelte er, dass sie das zum Schweigen bringen würde. Sie würde ihm vermutlich die Meinung geigen, bis sie heiser war.

Ihr Gesicht wurde weich und die Augen sanft. Er kannte sie nicht gut, aber die Veränderung bereitete ihm Sorgen. Er zog ihr Gift dem Mitleid vor. „Sie haben Angst davor, was Sie in sich entdecken werden", sagte sie. „Deswegen wollen Sie nicht hinsehen."

Sein Blut floss zäh durch seine Adern und ließ seine Extremitäten erkalten. Er ballte die Finger zu Fäusten, um sie zu wärmen. „Ich weiß, was ich sehen werde", sagte er zu ihr. Ein kaltes, totes Herz. Das hatte Gus ihm gesagt.

„So muss es nicht sein. Seth hat gesagt, Sie hätten sich mit ihr verändert."

„Ich bin so, wie ich jetzt bin und so muss ich sein." Ihm tat der Kiefer weh beim Sprechen. Alles tat weh. „Menschen verlassen sich auf mich. Das Land verlässt sich auf mich. Ich muss mich um die Anliegen des Ministeriums kümmern und

Selbstbeobachtung ist Zeit- und Energieverschwendung, die ich besser für meine Arbeit verwenden könnte."

Die meisten Leute wären jetzt angesichts seiner aufsteigenden Wut vor ihm zurückgewichen. Lady Vickers jedoch nicht, verfluchte Person. In der Hinsicht war sie wie Charlie. „Durch Selbstbeobachtung werden wir zu besseren Menschen und lernen aus unseren Fehlern", sagte sie.

„Ich mache keine Fehler."

„Nach allem, was ich gehört und gesehen habe, haben Sie einen sehr großen gemacht, und das wissen Sie. *Deswegen* mögen Sie keine Selbstbeobachtung. Der Blick nach innen wird Ihnen zeigen, dass Sie versagt haben."

„Ich habe nicht versagt."

Zu seiner Überraschung senkte sie den Blick und trat beiseite. Nicht schnell oder mit zitternden Händen, sondern weil sie ihm nichts mehr zu sagen hatte. Er stakste an ihr vorbei und versuchte, sein Temperament in den Griff zu bekommen, was ihm aber nicht gelungen war, bis er seine Tür zuknallte. Er zog seine Alltagskleidung aus und die Sachen an, mit denen er unbemerkt durch die Slums streifen konnte.

Bis er das graue Tuch um seinen Hals gebunden hatte, hatte er beschlossen, dass Lady Vickers eine Schraube locker hatte und sich zu viel einmischte. Sie war es nicht wert, dass er seine Zeit mit ihr vergeudete. Er hatte Wichtigeres zu erledigen. Für das Ministerium.

* * *

Seth und Lincoln hielten bei den Stallungen hinter Gillinghams Haus an, um Gus abzuholen. „Nix zu vermelden", sagte er Lincoln, während er sich ihm gegenüber setzte. „Heute war der noch nich unterwegs. Also wo fahr'n wir hin?"

„Flower and Dean Street."

Gus strich über die Narbe, die sich über seine Wange bis zum Augenwinkel zog. „Letztes Mal, als wir in der Gegend war'n, is die Kutsche fast geklaut worden."

„Wir lassen sie im Stall vom Pig and Whistle. Der Stallknecht dort kennt mich. Von da aus ist es nicht weit." Lincoln erzählte ihm alles, was Billy der Ausreißer berichtet hatte, und erklärte seinen Plan.

„Danke, Sir", sagte Gus am Schluss.

„Wofür?"

„Dass Sie's mir sagen. Früher hätten Sie mir nich den ganzen Plan gesagt, nur meinen Teil."

Lincoln wandte sich zum Fenster und versuchte, sich zu erinnern, aber es fühlte sich wie ein anderes Leben an, ein anderes Jahrhundert. Er war nicht mehr derselbe Mann. Die Erkenntnis traf ihn wie ein Blitz und schockierte ihn zutiefst.

Bis sie das Pig and Whistle erreicht hatten, hatte er sich kaum erholt. Er bezahlte den buckeligen Stallknecht dafür, sich um die Pferde und die Kutsche zu kümmern und machte sich dann mit Gus und Seth auf den Weg in die Flower and Dean Street. Dieser Teil von Whitechapel war berüchtigt für die grausamen Ripper-Morde und die Passanten verströmten Unbehaglichkeit und Misstrauen, was seine Sinne mit Wucht traf.

Lincoln fühlte sich auffällig, obwohl er sich redlich bemüht hatte, unter den Männern der Arbeiterklasse nicht aufzufallen. Vielleicht lag es daran, dass die meisten dieser Männer nachmittags arbeiteten und nicht zu dritt durch die Straßen wanderten. Lincoln bereute es, nicht bis zur Dunkelheit gewartet zu haben, wenn die Männer von den Fabriken nach Hause gingen. Er selbst arbeitete im Dunkeln auch besser.

Aber er war zu ungeduldig gewesen, um zu warten. Falls sich Billys Informationen als wahr erwiesen, dann stand Lincoln dicht davor, sowohl den Schützen als auch den Mann, der ihn angeheuert hatte, zu schnappen. Abwarten würde dem Schützen die Möglichkeit geben zu entwischen.

„Ich hasse diesen Ort", zischte Gus. Er verkroch sich in seinem Mantel, zitterte aber trotzdem. „Fühlt sich an, als würden die für meine Stiefel Maß nehmen."

„Nicht mal die Ärmsten würden deine stinkenden Galoschen wollen." Seths Stichelei war halbherzig, während er ein wachsames Auge auf die hohlwangigen Kinder und ihre besoffenen Mütter behielt.

Sie kamen an einer Gruppe stämmiger Männer vorbei, die sich um eine Feuertonne drängten. Ein Mann trank aus einer

Flasche, während seine Freunde ihre Hände rieben oder über etwas lachten. Andere standen etwas weiter entfernt und schauten sehnsüchtig zum niedrigen Feuer, wagten sich aber nicht näher.

„Sollen wir sie fragen?", sagte Seth.

„Nein." Lincoln erkannte eine Gruppe von Übeltätern, wenn er sie sah. Es gab leichtere Ziele, die ein paar Münzen eher verdient hatten.

Gus stolperte über die Füße eines älteren Mannes, der in einem Hauseingang saß. Sein Kopf lehnte an der Tür, der Mund stand offen. Lincoln konnte nicht sicher sagen, ober er schlief oder tot war.

Ein Mädchen torkelte aus den Schatten. Sie drückte einen zusammengeknautschten Schal an ihre Brust, anstatt ihn um ihre dünnen Schultern zu legen. Strähnige braune Haare ragten unter eine Haube hervor, die wahrscheinlich einmal weiß gewesen, jetzt jedoch grau und zerrissen war. Die einzige Farbe in ihrem Gesicht waren die roten Flecken unter ihren eingefallenen Augen und die aufgeplatzten Lippen.

„Bitte, Sirs, ich tue alles, was Sie wollen für ein bisschen Kohle." Sie ließ ihren Schal los und hielt ihre dreckige Hand auf. Unter dem Schal kam ein schlafendes Baby zum Vorschein. Bei dem kalten Luftstoß auf seiner zarten Haut regte sich das Kind. Im Gegensatz zu dem Mädchen sah es gesund aus.

Sowohl Seth als auch Gus griffen in die Tasche, aber Lincoln bremste sie mit erhobener Hand. „Weißt du, wo wir Jack Daley finden?", fragte er.

Ein Funke von Furcht ließ ihre Augen kurz lebendig erscheinen. Sie schaute nach links und rechts und wich dann kopfschüttelnd zurück.

Lincoln zog einen prall gefüllten Geldbeutel aus seiner Innentasche. „Du bekommst das alles und meinen Mantel, wenn du mir sagst, wo ich ihn finde."

Einen Moment lang dachte er, ihre Angst wäre stärker als ihre Verzweiflung, doch dann trat sie vor. „Er wohnt in dem hohen braunen Haus auf der Flower and Dean", flüsterte sie. „Das zweite vor der Ecke. Die alte Mrs Fenton ist die Vermieterin." Sie blinzelte Lincoln an und hielt erneut zögernd die Hand auf.

Er gab ihr den Beutel und sie stopfte ihn schnell zu dem Baby unter den Schal. „Wie alt bist du?", fragte er.

„Dreizehn."

Sowohl Seth als auch Gus grummelten vor sich hin. „Der Vater des Kindes?", fragte Seth.

„Tot. Unsere Mutter auch."

„Du bist nicht die Mutter?"

„Er ist mein Bruder." Sie zwinkerte und küsste das Baby auf den Kopf. „Ich bin jetzt alles, was er noch hat, und er ist alles, was ich hab."

Lincoln streifte seinen Mantel ab und legte ihn ihr um die Schultern. Er musste Doyle bitten, neue Mäntel anfertigen zu lassen.

„Sie wollen nichts anderes, Sir?", fragte sie.

Lincoln schüttelte den Kopf. Er sollte gehen, aber aus irgendeinem Grund gelang ihm das nicht. Was war nur los mit ihm?

Gus legte dem Mädchen eine Hand auf die Schulter. Sie wich zurück. „Weißt du, wie du von hier aus nach Seven Dials kommst?", fragte er.

Sie nickte schnell.

„Suche die Broker Row und frag nach Mary Sullivan. Sag ihr, Gus schickt dich. Sie wird sich um dich und deinen Bruder kümmern."

„Danke, Sir." Sie drückte das Kind enger an sich und eilte davon.

„Wir können sie nicht alle retten", sagte Seth, während sie zur Flower and Dean Street weitergingen.

Lincoln sagte nichts. Er fand es leichter, solchen Dingen nicht nachzuhängen, aber es war schwierig, das Mädchen und ihren kleinen Bruder aus seinen Gedanken zu verdrängen. Später Gus zu seiner Großtante zu schicken, um zu sehen, ob das Mädchen sicher dort angekommen war, war völlig unnötig, aber er nahm es sich trotzdem vor.

Das Obdachlosenheim von Mrs Fenton war im Vergleich zu den anderen Unterkünften auf der Flower and Dean der reinste Palast. Es war ein ganzes Stockwerk höher und die Bogenfenster verliehen ihm eine Pracht, die nicht einmal von der abblätternden Farbe und den schmierigen Steinen zerstört werden konnte. Es hatte sogar einen Balkon im zweiten Stock. Der Rest der Straße war ein wirres Sammelsurium von kleinen und großen Häusern, einige aus Ziegeln, andere aus Holz, aber wenige aus Stein. Rauch stieg aus dem Schornstein von Mrs Fentons Haus, aus den anderen jedoch nicht.

Lincoln wies Gus an, vorn Wache zu halten, während er und Seth durch die nächste Gasse und einen Torbogen in den großen Innenhof hinter den Grundstücken gingen. Die Gebäude, die den Hof umgaben, waren in so schlechtem Zustand, dass ein starker Windstoß sie zum Einsturz hätte bringen können. Die stickige, unbewegliche Luft roch nach Fäkalien und irgendetwas Verrottendem.

Ein Mann kam aus der Hintertür von Mrs Fentons Haus und pisste auf das glitschige Kopfsteinpflaster. Er schwankte und schaute nicht hoch. Hätte er das getan, hätte er Seth und Lincoln bemerkt.

Während der Mann sich wieder in seine Hose sortierte, schob sein Ellenbogen den Mantel beiseite und offenbarte den Griff einer Pistole.

Lincoln bedeutete Seth, Gus zu holen.

„Sie warten doch, bis wir zurück sind, ehe Sie sich ihm nähern, oder?", flüsterte Seth.

„Ja."

Mit einem zufriedenen Nicken lief Seth die Gasse zurück. Nicht einmal diese Bewegung machte den Mann auf ihre Anwesenheit aufmerksam. Er schaukelte zurück auf seine Fersen, leckte sich die Finger ab und fuhr damit durch seine fettigen schwarzen Haare.

Lincoln trat aus den Schatten. Er näherte sich bis auf vier Schritte, ehe der Mann aufschaute. „Jack Daley?"

Der Mann griff nach seiner Waffe, aber Lincoln war zu schnell. Er schnappte sich die Pistole und richtete sie auf die Schläfe des Mannes.

„Sind Sie Jack Daley?", fragte er noch einmal.

„Wer will das wissen?"

„Die Person, die Ihnen diese Waffe an den Kopf hält und keine Skrupel hat, den Abzug zu drücken."

Daley hatte eine hohe Stirn und einen so dünnen Schnurrbart, dass er wie eine Umrandung seiner Oberlippe wirkte. Seine Kleidung war neu und sein Kinn glattrasiert. Er war kürzlich zu Geld gekommen. Höhnisch begutachtete er Lincoln von oben bis unten. „Dafür haben Sie nicht die Eier."

Lincoln schoss ihm in den Fuß.

Daley schrie auf und brach zusammen. Eine Frau kam aus der Tür, schnappte nach Luft und eilte wieder hinein. Das Rumpeln eines Schlosses war fast so laut wie Daleys Schreie.

„Es ist gefährlich, seine Waffe geladen zu lassen", erklärte Lincoln ihm.

Daleys einzige Reaktion war zu wimmern, statt zu schreien. Lincoln richtete die Pistole auf den anderen Fuß.

„Wenn Sie nicht möchten, dass ich Sie zum Krüppel mache, dann werden Sie meine Fragen beantworten. Sind Sie Jack Daley?"

„Ja! Zur Hölle, Mann, wofür haben Sie mich angeschossen?"

„Ich weiß, was Sie den Leuten in dieser Gegend angetan haben. Ich weiß, dass sie Sie fürchten. Vielleicht können sie sich jetzt rechtzeitig verziehen, wenn Sie angehumpelt kommen."

Lincoln hörte Seth und Gus herbeirennen, noch ehe sie in den Hof kamen. „Jesus", murmelte Gus und starrte auf Daleys blutigen Stiefel. „Haben Sie ihn angeschossen?"

„Er hat meine Fragen nicht beantwortet."

„Ach so, ja dann."

Seth marschierte auf Lincoln zu. „Sie haben gesagt, Sie warten."

Lincoln schaute zu, wie seine Männer Daley packten und auf seinen gesunden Fuß zerrten. „Ich habe gelogen."

Seth verdrehte die Augen. „Hat er gestanden?"

„Was?", fragte Daley patzig. Er versuchte, sich loszumachen, aber Seth und Gus hielten ihn zu fest und sein Fuß musste ihn schmerzen. Mit einem Wimmern gab er es auf. „Was wollen Sie?"

„Ich will wissen, wer Sie angeheuert hat, um Patrick O'Neill zu töten", sagte Lincoln.

Daley wurde noch blasser. „Seid ihr die Polente?"

„Die Polizei schießt nicht auf Verdächtige. Die verschwenden ihre Zeit mit Protokollen. Ich ziehe es vor, schnell Antworten zu bekommen. Haben Sie Patrick O'Neill getötet?"

„Nein."

Lincoln zog den Hahn der Pistole zurück.

„Nicht schießen!" Daley kniff die Augen zu. Sein Schnäuzer verschwand fast in seinen Nasenlöchern. Als die Pistole nicht losging, öffnete er vorsichtig ein Auge. „Wollen Sie mich oder den Mann, der mich angeheuert hat?"

„Sie sind für mich nicht von Bedeutung."

Daley atmete auf und stellte sich etwas aufrechter hin. „Das war ein Rotschopf, der mich bezahlt hat. Er hat mir gesagt, wen ich erschießen soll und wo ich ihn finde. Ich wusste nicht, dass es der Muskelmann vom Zirkus ist, oder? Gehören Sie zu denen? Sind Sie einer von diesen Zirkusleuten?"

„Kennen Sie den Namen des rothaarigen Mannes?"

„Nein, aber ich weiß, wie er wirklich aussieht und der ist kein echter Rotschopf. Auch kein Adeliger." Seine Lippen verzogen sich zu einem fiesen Lächeln. „Er hatte eine Verkleidung an. Er hat kurze, braune Haare und braucht auch die Brille nicht, die er aufhatte, als ich ihn getroffen habe."

„Wo kann ich ihn finden?"

Er zuckte mit den Schultern.

Lincoln richtete die Pistole auf seinen Kopf und Daley schloss erneut die Augen und versuchte, sich wegzuducken. „Sie müssen ihm gefolgt sein, um zu sehen, wie er seine Verkleidung ablegt", sagte Lincoln. „Sagen Sie mir, wo ich ihn finden kann."

Daley wollte sein Gewicht verlagern und wurde schmerzhaft an seine Verletzung erinnert. Er stöhnte auf. Sein fahles Gesicht wirkte wächsern.

Lincoln drückte den Lauf der Waffe fester gegen Daleys Schläfe. Er war so dicht am Sieg, er konnte ihn schmecken, aber er durfte nicht zeigen, wie sehr er auf diese Information angewiesen war. „Wenn Sie noch länger schweigen, töte ich Sie. Wenn Sie mir sagen, wo ich diesen Mann finde, lasse ich Sie laufen und Sie können London lebend verlassen. Sie haben die Wahl und drei Sekunden, sie zu treffen. Eins. Zwei."

„Ist ja gut!" Daley verzog das Gesicht. Trotz der Kälte stand ihm Schweiß auf der Stirn. „Ich habe gesehen, wie viel Kohle er bei sich hatte, also dachte ich, ich könnte ihn ein bisschen erleichtern. Um es den Armen zu geben, wissen Sie?"

Gus schnaubte. „Wir sind nich blöd."

Daley räusperte sich. „Ich bin seiner Kutsche nach Kensington gefolgt. Sie hat ihn beim Queen's Arms rausgelassen und er ist zu den Ställen gegangen. Ich bin ihm nachgegangen. Als er dachte, keiner schaut hin, hat er seine Perücke und die Brille ausgezogen und die Polster aus seiner Kleidung entfernt, mit denen er sich um die Mitte ausgestopft hatte. Das hat er alles hinten in einem der Ställe versteckt. Ich war so überrascht, dass ich vergessen habe, warum ich ihm gefolgt bin. Bis es mir wieder einfiel, kletterte er schon die Leiter zu den darüberliegenden Räumen hoch."

„Er ging nicht ins Haupthaus?"

„Nein. Ich dachte, er kommt wieder runter, tat er aber nicht. Sein Licht ging aus und das war's. Da hat sich bis morgens keiner mehr gerührt."

„Sie sind die ganze Nacht geblieben?"

„Jou. Ich war halt neugierig. Ich habe den Stallburschen gefragt, wer der Typ war, und der sagte, ein Mr Thomas Rampling."

„Ist er ein Diener?"

„Nee, nur ein Typ, der den Kutscher kennt."

„Hatte er irgendetwas mit dem Haushalt zu tun?"

„Weiß nicht. Hab nicht gefragt."

„Haben Sie gefragt, ob er noch mit anderen außer den Stallleuten Kontakt hatte?"

„Warum sollte ich?"

„Wen sollen Sie als Nächstes umbringen?"

„Eine Frau namens Metzger. Lebt in Nummer vierundvierzig Brick Lane, Spitalfields."

Lincoln senkte die Waffe. Der Name war ihm vertraut. Über sie gab es auch eine Akte im Archiv.

Daleys Zunge fuhr über seine Lippen. „Wer sind Sie? Warum wollen Sie das alles wissen?"

Lincoln nickte Seth und Gus zu, Daley loszulassen, und ging

davon. Er schaute nicht zurück, hörte aber, wie Daley nach Mrs Fenton rief, die die Tür aufschließen sollte.

„Gus, suche einen Polizisten und sag ihm, dass Jack Daley Patrick O'Neill erschossen hat", sagte er. „Falls er nicht gefasst werden sollte, geh zu dieser Metzger und bring sie in Sicherheit." Er steckte die Waffe in seinen Hosenbund und verdeckte sie mit seiner Jacke. Vielleicht brauchte er sie noch.

KAPITEL 7

„Den hab ich den ganzen Tag noch nicht gesehen." Der Stallbursche lehnte sich auf seinen Besen und zuckte die schlaksigen Schultern, als würde ihn das nicht überraschen. „Der kommt spät zurück und manchmal geht er nachts wieder."

„Warum wohnt Rampling hier?", fragte Lincoln. „Kennt er den Hausherrn?"

„Er ist der Cousin vom Kutscher, auch ein Rampling. John Rampling." Er nickte in Richtung der glänzenden schwarzen Kutsche, in deren Fenster man ein Paar Stiefelsohlen sehen konnte.

Lincoln dankte dem Burschen und öffnete die Tür der Kabine. Die Stiefel krachten zu Boden und der Kerl, der sie trug, sprang mit weit aufgerissenen Augen auf. Als er sah, dass es nicht sein Herr war, gähnte er und legte sich wieder hin.

„Was wollen Sie?", knurrte er.

„Ich will Sie etwas über Ihren Cousin Thomas Rampling fragen", sagte Lincoln. „Was für Geschäften geht er nach?"

„Kein Geschäft." Der Kutscher verschränkte die Arme vor der Brust. „Er ist ein Rumtreiber, kommt und geht ..."

„Wissen Sie, wann er zurück sein wird?"

„Nö."

Das Rumpeln von Wagenrädern und Klipp-Klapp von Hufen auf Pflastersteinen kündigte die Ankunft eines weiteren Fahrzeugs an. Der Stallbursche ging hinaus, um es zu begrüßen, aber John Rampling rührte sich nicht. Lincoln wollte ihn gerade weiter befragen, als ihn ein Schrei des Burschen unterbrach.

„Mr Rampling! Mr Rampling, kommen Sie schnell! Es ist Ihr Cousin!"

Rampling reckte sich und setzte sich wieder auf. „Was ist denn jetzt?"

Der Junge schluckte. „Er ist tot."

Der Kutscher zwinkerte. „Kann nicht sein. Ich hab ihn erst letzte Nacht gesehen."

Der Junge schaute über seine Schulter zurück zu dem Karren, der hinter Lincolns Kutsche gehalten hatte. Ein Constable der Polizei stand daneben und schielte in die Schatten des Kutschenhauses.

Lincoln spürte, wie sich in ihm alles zusammenzog. Es war entmutigend. Jedes Mal, wenn er den Antworten ein Stück näherkam, wurde die Spur kalt. Die beiden Grabräuber, Captain Jasper, der Mann, der Drinkwater und Brumley umgebracht hatte … alle waren gestorben, nachdem ihre Identitäten und Geheimnisse vom Ministerium aufgedeckt worden waren. Ihre Tode waren keine Zufälle und ganz sicher keine Unfälle. Jemand war Lincoln einen Schritt voraus—und das machte ihn wütend.

Seth verließ das Kutschenhaus als Erster, gefolgt von Rampling und Lincoln. „Das ist John Rampling", sagte Seth, da der Kutscher nur am hinteren Ende des Karrens stand und auf den Klumpen unter der grauen Decke starrte.

Der Constable nickte zum Gruß, bekam aber keine Reaktion. „Er wurde heute Morgen aus dem Fluss gezogen", sagte er und hob die Decke an.

Das aufgedunsene Gesicht des Toten war ein klarer Beweis dafür, wie er gestorben war. Falls das nicht genügte, waren seine Kleidung und Haare immer noch nass.

Der Kutscher würgte und übergab sich auf das Kopfsteinpflaster. Der Polizist wollte den Verstorbenen wieder zudecken, aber Lincoln hielt ihn zurück. Er inspizierte das Gesicht des Toten.

„Gibt es an ihm irgendwelche Spuren?", fragte er.

„Eine Verletzung am Hinterkopf", sagte der Constable.

„Wahrscheinlich stand er am Pier, hat das Gleichgewicht verloren, sich den Kopf aufgeschlagen und wurde ohnmächtig." Er zuckte mit den Schultern. „Ins Wasser gerutscht und ertrunken, ist meine Vermutung."

„Oh Gott", stöhnte der Kutscher. „Ich kann es nicht glauben. Tom ist von uns gegangen."

„Wir haben eine Nachricht mit dieser Adresse bei ihm gefunden, also sind wir gleich hergekommen. Können Sie bestätigen, dass das Ihr Cousin Mr Thomas Rampling ist?"

John Rampling nickte. „Wo bringen Sie ihn hin?"

„Leichenhalle in Chelsea."

„Von wem war die Nachricht?", fragte Lincoln.

Der Constable stellte sich breitbeinig hin und schaute Lincoln finster an. „Wer sind Sie in Bezug auf den Verstorbenen?"

Lincoln überlegte noch, wie er dem Constable am effektivsten die Nachricht abnehmen konnte, als Seth sagte: „Mr Rampling würde sie gern sehen."

Der Constable schaute den Kutscher an, der nur die Leiche seines Cousins anstarrte. Von der Aufmerksamkeit, die ihm geschenkt wurde, bekam er nichts mit. Der Constable wartete. Seth stieß Lincoln sacht an, woraufhin dieser dem Polizisten drei Schillinge in die Hand drückte. Der Constable zog die Nachricht aus der Tasche des Verstorbenen und reichte sie Rampling. Als der keine Anstalten machte, sie zu nehmen, übergab er sie Lincoln.

Die durchnässte Karte war dick, wie die Visitenkarte eines Gentleman. Sie trug weder eine Unterschrift noch einen Hinweis darauf, wer sie geschickt hatte. Die kaum lesbaren Worte darauf lauteten: „Shadwell Dock Treppe. Mitternacht." Lincoln reichte dem Constable die Karte zurück.

Der Polizist sprang auf die Ladefläche des Karrens und wies den Fahrer an, den Stallbereich zu verlassen. Sobald er außer Sicht war, hockte Rampling sich hin und fuhr sich mit beiden Händen durch die Haare. Lincoln hätte am liebsten dasselbe getan.

„Wissen Sie, wer diese Nachricht geschrieben hat?", fragte Lincoln ihn.

Rampling wischte sich mit dem Handrücken über die Augen

und stand auf. „Tom hat mir nie von seinen Machenschaften erzählt. Ich wusste, dass er für jemanden Aufträge erledigte, bei denen er sich von Zeit zu Zeit verkleiden musste, aber ich habe ihn nie gefragt, was er macht. Gott", stöhnte er. „Ich muss seiner Mutter schreiben."

Seth klopfte ihm auf die Schulter. „Wie war sein zweiter Vorname?"

Lincoln atmete tief ein und funkelte Seth wütend an, doch der schaute nicht in seine Richtung.

„James", sagte Rampling. „Warum?"

„Kein besonderer Grund."

Rampling schaute auf. „Sie haben mir noch nicht gesagt, warum Sie nach Thomas gesucht haben."

„Das spielt keine Rolle mehr", sagte Seth wesentlich fröhlicher, als es unter den gegebenen Umständen angebracht war. Er sammelte die Zügel von Lincolns Pferd ein und kletterte auf den Kutschbock. Anstatt sich in die Kabine zu setzen, nahm Lincoln neben ihm Platz.

„Wollen Sie gar nichts sagen?", fragte Seth, während sie am Queen's Arms vorbeifuhren.

„Nein", sagte Lincoln.

„Nicht einmal, um mir zu sagen, dass es sinnlos war, den zweiten Vornamen des Toten zu erfragen, weil Charlie nicht da ist, um seinen Geist zu beschwören?"

Lincoln erwiderte nichts. Hoffentlich brachte seine mangelnde Kommunikation Seth zum Schweigen. Leider schien es den gegenteiligen Effekt zu haben.

„Wenn sie hier wäre, könnte sie den Geist beschwören und herausfinden, wer Rampling angeheuert hat, um Jack Daley anzuheuern", fuhr er fort. „Sie wissen doch, dass Rampling höchstwahrscheinlich getötet wurde, weil er den Mann nennen konnte, der ihn angeheuert hat, nicht wahr?"

Genau wie Captain Jasper, obwohl Lincoln dessen Tod erst kürzlich mit den jüngsten Morden in Verbindung gebracht hatte. Er hätte sie bitten können, Jasper zu rufen, aber ihre Nekromantie so zu nutzen, hatte sich falsch angefühlt, insbesondere wenn er sie davor *warnte*, sie zu nutzen.

Eisiger Wind peitschte Lincolns Wangen, und als sie durch

Camden Town fuhren, fing es an zu regnen. Jeder Tropfen aus der dichten Wolkenmasse über ihren Köpfen jagte wie scharfe Glassplitter auf sie herab. Seth klappte seine Kapuze hoch, aber Lincoln hatte seinen Mantel dem Mädchen in der Flower and Dean Street gegeben. Er übernahm die Zügel und trieb die Pferde schneller an.

„Vorsicht!" Seth packte das Seitengeländer, während sie um eine scharfe Kurve schossen, ohne langsamer zu werden.

Lincoln hielt das Tempo, bis sie Lichfields Kutschenhaus erreichten, wo Gus bereits wartete.

„Hat die Polizei Daley erwischt?", fragte Seth, während er herab sprang.

Gus nickte. „Hatten ihn, noch bevor er die Unterkunft verlassen hat. Er hat rumgeplärrt, dass er für seinen Fuß einen Arzt braucht."

Lincoln half Gus, die Pferde auszuspannen und Seth brachte sie in den Stall. Lincoln und Gus kamen ein paar Minuten später dazu. Während sie alle arbeiteten, erzählte Seth Gus von Ramplings Ableben, inklusive der Tatsache, dass sie inzwischen herausgefunden hätten, wer ihn angeheuert hatte, wäre Charlie noch bei ihnen.

Das war Lincolns Stichwort, ins Haus zu gehen, aber Gus hielt ihn mit einem Knurren auf. „Wenn Sie sie schon nich zu Ihrem eigenen Wohl zurückhaben wollen, was ist dann mit dem Allgemeinwohl? Sie ist nützlich."

„Sie ist kein Werkzeug." Die Worte waren aus Lincolns Mund, bevor er sich zurückhalten konnte.

„Sie is auch kein Paket, dass man quer durchs Land schickt!"

Seth legte Gus eine Hand auf die Schulter. Die andere Hand hob er in einer beruhigenden Geste, als ob er sich einem wilden Pferd nähern würde. „Lass mich das machen", murmelte er.

Hatten die beiden darüber diskutiert? Es würde Lincoln nicht überraschen, falls es so war. Sie hatten Charlies Abreise schlecht aufgenommen und keiner der beiden war seither wie vorher. Sie hatten auf jeden Fall ihre Haltung Lincoln gegenüber verändert. Manchmal überraschte es ihn, dass sie noch für ihn arbeiteten und ein Teil von ihm fragte sich, ob sie blieben, weil sie erwarteten, dass er Charlie zurückholen würde. Oder weil sie glaubten, ihn dahingehend manipulieren zu können.

Er würde nicht zulassen, dass sie ihn drängten. Warum sollte er es überhaupt diskutieren? Er hatte seine Entscheidung gefällt. Es war ihm egal, was sie dachten.

Mit langen Schritten ging er aus dem Kutschenhaus. Wieder prasselte der Regen auf ihn herab und bildete in einer Ecke des Hofes Pfützen. Da er schon bis auf die Haut nass war, machten ein Paar weitere Tropfen nichts aus.

„Sie müssen sie nach Hause holen", rief Seth. Er war näher, als Lincoln erwartet hatte.

Als er sich umdrehte, sah er, dass sie ihm beide gefolgt waren und nun genauso durchnässt im Hof standen wie er. „Geht rein", sagte er. „Trocknet euch ab. Ihr nützt mir beide nichts, wenn ihr krank werdet."

„Wir nützen Ihnen beide nix, wenn wir uns weigern, für Sie zu arbeiten!", antwortete Gus lautstark.

Also war es jetzt doch so weit gekommen. „Kündigt ihr eure Anstellung bei mir?"

Seth hielt erneut beschwichtigend die Hände hoch. Regen tropfte aus seinen Haaren in sein Gesicht und er wischte sich ärgerlich über die Augen. „Können wir das drinnen besprechen?"

„Es gibt nichts zu besprechen."

„Verdammter Mist." Seth schüttelte den Kopf und spritzte Wasser in alle Richtungen. „Sehen Sie denn nicht, was es mit Ihnen macht?"

Das war nicht das, was Lincoln erwartet hatte. „Ich bin so wie immer."

Gus schnaubte. „Nein, sind Sie nicht", sagte Seth. „Sie benehmen sich unberechenbar, und zwar seit sie uns verlassen hat."

„Ihr irrt euch."

Gus schüttelte den Kopf. „Sie scheren sich nich mehr um Ihre eigene Sicherheit."

Um die hatte sich Lincoln noch nie geschert. Er wollte gehen, doch Seths Worte hielten ihn auf.

„Nein, das ist nicht, was ich meinte. Ich meinte, dass Sie

Ihren Fokus verloren haben. Antworten, die früher leicht zu bekommen waren, sind schwer zu fassen. Details, die offensichtlich waren, sind es jetzt nicht mehr. Sie machen Dummheiten, die Ihre Sicherheit gefährden, weil Sie abgelenkt sind. Sie dachten, sie wäre eine Ablenkung, als sie hier war, aber für ihre Abwesenheit gilt das doppelt. Stimmt doch, oder?"

Der Regen donnerte auf die Dachschindeln des Kutschenhauses und Stalles. Tropfen rutschten an Lincolns Kragen vorbei seine Wirbelsäule hinunter, wo sie eine schmerzhaft eisige Spur hinterließen. Seine Männer beobachteten ihn durch den Vorhang des Regens, ihre Blicke suchend, fragend. Hoffend. Sie wussten es nicht sicher. Sie rieten nur, was Lincolns Motive und seinen Geisteszustand anging.

Daran klammerte er sich, als wäre es eine Boje.

„Sie vermissen sie", sagte Seth leiser. „Sie vermissen sie ganz schrecklich."

Lincoln blinzelte in den Himmel hinauf, wobei der den Regen ignorierte, der ihm ins Gesicht klatschte. Die schweren Wolken schienen die ganze Welt zu bedecken und jeden Atemzug zu ersticken. Er sollte hineingehen. Er sollte von seinen Männern weggehen, ohne ihnen zu antworten.

Doch aus irgendeinem Grund, den er nicht fassen konnte, wollte er antworten. „Ja, ich vermisse sie." Sein Kopf neigte sich nach vorn und er sah sie der Reihe nach an. Er musste sein nächstes Argument gut rüberbringen. „Aber das wird vergehen."

Sie schauten höhnisch und Gus schüttelte den Kopf. „Sie sind ein Dummkopf, wenn Sie meinen, wir würden Ihnen das abkaufen", sagte Seth.

„Sie sind ein Dummkopf, wenn *Sie* das glauben", fügte Gus hinzu.

Lincolns Gesicht wurde warm. Er spürte, wie seine Wut tief aus ihm aufstieg und an die Oberfläche blubberte. „Woher wollt ihr das wissen?"

Keiner der beiden schien die Frage für beantwortenswert zu halten. Aber je länger sich das Schweigen zog, desto mehr wurde Lincoln klar, dass er die Frage ernst gemeint hatte.

„Ich verdanke Ihnen viel", sagte Seth und verschränkte die

Arme weit oben vor seiner Brust. Er sah Lincoln nicht an. „Ich weiß nicht, wo ich ohne Sie jetzt wäre. Ich arbeite gern für das Ministerium."

Lincoln schaute Gus an, aber sein zerfurchtes Gesicht gab nichts preis.

„Ich will nicht gehen", fuhr Seth fort. „Aber ich habe das Gefühl, dass ich das muss. Ich kann nicht für jemanden arbeiten, der so unberechenbar ist. Sie hat Sie auf Spur gehalten."

„Wie auf Spur gehalten?", fragte Lincoln.

„Sie haben einem Mann in den Fuß geschossen!"

„Ich habe ihn nicht getötet."

„Sie haben die Stadt auf den Dächern überquert. Im Regen."

„Es war der kürzere, schnellere Weg."

Seth warf die Hände in die Luft. „Versuch du es", sagte er zu Gus. „Ich gebe auf."

Gus stieß die Luft aus. „Wie soll ich das sagen?" Er dachte einen Moment nach und nickte dann. „Ich will ganz ehrlich sein, Sir. Wenn Sie Charlie losgeworden sind, weil sie im Weg war, was machen Sie dann mit uns, wenn wir 'nen Fehler machen?"

„Macht keine Fehler, dann findet es ihr nicht heraus."

Seth bellte ein humorloses Lachen heraus.

Gus rieb sich die Schläfe. „Was is, wenn wir nich mehr nützlich sind? Schießen Sie uns in den Fuß, wenn wir nich machen, was Sie wollen, oder was Falsches machen?"

„Oder töten Sie uns?", fragte Seth ruhiger.

Lincoln beobachtete sie unter feuchten Lidern heraus. Glaubten sie, es würde ihn ermutigen, Charlie nach Hause zu holen, wenn sie ihn unter Druck setzten? „Wenn ihr meint, ihr müsstet gehen, dann geht, ich werde euch nicht aufhalten." Er drehte sich um und ging zum Haus. Sie folgten ihm mit Abstand, das spürte er.

Er mied die Küche und ging durch den Hauptteil des Hauses. Das Tablett auf dem Tisch neben der Haustür quoll über von Visitenkarten. Hatte Lady Vickers so viele Besucher empfangen oder waren einige davon für Lincoln und Seth? Sein Vorankommen war auf der Treppe absichtlich langsam und gleichmäßig, dennoch fühlte er sich, als wäre er meilenweit gerannt, als er die Tür zu seinem Zimmer schloss. Nach so wenig

Anstrengung sollte er sich nicht so erschöpft fühlen. Er zog sich trockene Sachen an und schenkte sich ein Glas Brandy ein, dann noch eins und noch eins. Es machte seinen Kopf nicht klarer, sondern den Nebel noch dichter.

Wenn Seth und Gus gingen, hatte er noch den Koch und Doyle. Aber es war nicht dasselbe. Sie waren keine Kämpfer. Ihre Pflichten lagen im Haus. Und sie wussten nicht, wie Lincoln arbeitete, nicht wie die anderen. Sie waren einfach nicht dieselben, verdammt, und Lincoln *wollte* dieselben. Er wollte Seth und Gus an seiner Seite, inklusive ihrem Geplänkel und den schlechten Witzen.

Er warf das Glas in den Kamin. Es zersprang und Scherben flogen in alle Richtungen, auf den Boden, den Teppich, über Tische und Stühle. Er marschierte darüber. Glas stach in seine Fußsohlen. Es tat verteufelt weh und keine Konzentration der Welt konnte den Schmerz unterdrücken. Er war früher in der Lage gewesen, Schmerz zu kontrollieren—konnte ihn nicht abstellen, aber überdecken. Jetzt brannte jeder Schnitt und seine Füße fühlten sich bald an, als würden sie lichterloh in Flammen stehen.

Er humpelte zu seinem Schreibtisch zurück, wobei er eine Spur blutiger Fußabdrücke hinterließ. Mit geschlossenen Augen setzte er sich. Sollte der Schmerz doch kommen. Sollte er ihn doch verschlingen. Mal sehen, ob er ihn zerstörte.

Und wenn er das nicht tat?

Dann würde er am Morgen aufstehen und sich dem Tag stellen und jedem weiteren, der danach kam. Er würde sich in Arbeit vergraben, bis *die* ihn verschlang. Er würde einen Weg auf die andere Seite finden.

Was er jetzt empfand ... es konnte unmöglich ewig andauern.

* * *

Die Metzger-Frau.

Lincoln wachte mit einem Ruck auf. Er hatte diese Metzger vergessen! Wie konnte er so inkompetent sein?

Er setzte seine Füße auf den Boden, nur um vor Schmerz

zusammenzuzucken. Er atmete hastig ein und dann langsam aus, mehrmals. Dann stand er auf. Es ging.

Seine Füße hatte er am Vorabend selbst mit dem Verbandszeug verbunden, das er in seinem Büro aufbewahrte. Hoffentlich hatte er alle Splitter entfernt.

Er zog sich schnell an und schob den Vorhang beiseite. Ein Lichtstreifen stand am trüben Horizont. Noch regnete es nicht.

Auf dem Weg nach unten umging er alle knarzenden Dielen. Seine Füße brannten, aber das war nicht zu ändern. Draußen spannte er ein Pferd vor die kleine offene Kutsche und verließ in hohem Tempo das Lichfield-Anwesen auf dem Weg nach Spitalfields. Die Lieferwagen mit ihren gähnenden Fahrern und dahintrottenden Mähren überholte er mit Leichtigkeit.

Nummer vierundvierzig A war einst die Hälfte einer größeren Residenz gewesen, war jetzt aber nur eine schmale Wohnung mit zwei Räumen oben und zwei Räumen unten. Die vier Fenster waren gleichmäßig angeordnet, die Haustür grün. Eine gebräunte Frau mit tiefen Augenringen und Falten um den Mund öffnete, als er klopfte. Sie schrak zurück, als sie ihn sah. Ihre Augen wurden wachsam. Es war unmöglich zu sagen, ob sie die Besitzerin des Hauses war oder eine Mieterin. Eine Magd oder Köchin konnte sie nicht sein. Niemand in diesem elenden Teil von Spitalfields konnte sich Angestellte leisten.

„Ich suche nach Mrs Metzger", sagte Lincoln. „Oder Miss Metzger. Ist sie da?"

Die Frau kaute auf ihrer Unterlippe und drückte sich an die Tür. „Wer sind Sie und was wollen Sie?", fragte sie mit stark russischem Akzent.

„Ist sie da?", fragte er wieder und versuchte, etwas Geduld aufzubringen. „Es ist dringend. Ihr Leben ist möglicherweise in Gefahr."

Sie schnappte nach Luft und murmelte einen russischen Fluch. „Warum?" Zum Glück sagte sie ihm nicht, dass er zu spät war.

„Jemand möchte sie tot sehen. Der Grund ist nur für ihre Ohren bestimmt. Bitte, holen Sie sie her."

„Das bin ich."

Er atmete gleichmäßig aus und legte die Hände hinter den

Rücken. „Jemand tötet Menschen mit übernatürlichen Fähigkeiten. Ich weiß, dass Sie die Nächste auf seiner Liste sind."

Sie erstickte einen Aufschrei mit beiden Händen, oder besser gesagt Pfoten. Krallen ragten aus ihren Fingerspitzen. Als sie es bemerkte, schüttelte sie sie und die Krallen zogen sich zurück. Ihre Hände wurden wieder normal. Sie presste die Lippen aufeinander und schaute an ihm vorbei nach links und rechts. Dann verbarg sie die Hände hinter ihrem Rücken.

„Ich gehöre zu einer Organisation, die Menschen wie Sie schützt", sagte er. „Ich muss Sie in Sicherheit bringen. Jetzt. Holen Sie alles, was Sie tragen können und kommen Sie mit mir."

„Aber was ist mit meiner Arbeit? Meine Schicht bald anfängt."

„Wo arbeiten Sie?"

„Gumm's Boots on Commercial."

„Ich werde ihnen sagen, dass Sie zu einem kranken Verwandten gerufen wurden."

Sie kaute weiter an ihrer Lippe.

„Ihre nahen Verwandten können mitkommen", sagte er.

„Ich habe niemanden. Mein Mann und Sohn sind tot."

Er nahm etwas Geld aus der Tasche. Ihre Augen wurden rund. Vermutlich war es für sie ein Jahreslohn. „Sie können aus London wegziehen und sich ein Zimmer mieten. Das sollte Sie über Wasser halten, bis Sie eine Arbeit gefunden haben." Er wusste, dass er viel von ihr verlangte, aber wenn er sie nicht retten konnte … wenn sie starb, weil er sie gestern nicht gewarnt hatte …

Er schluckte die Galle herunter, die in seinem Hals brannte. „Ich fahre Sie zum Bahnhof."

„Ich packe. Warten Sie."

Er zog sich zum Cabriolet zurück. Eine andere Frau kam aus dem Haus und stockte, als sie ihn sah. Sie war jünger als Mrs Metzger, sah aber genauso müde aus. Sie schob sich an ihm vorbei und eilte mit hängenden Schultern die Straße entlang.

Mrs Metzger kehrte nach kaum zehn Minuten mit einer Reisetasche zurück, die aussah, als hätte sie schon die Welt umrundet. Obwohl abgenutzt und fleckig, wirkte sie robust. Lincoln verstaute sie hinten im Cabriolet.

„Ich werde nach Southampton fahren, an die See mit guter Luft." Ihr Gesicht wirkte nicht mehr so schlaff. Sie hielt die Hand auf und er reichte ihr das Geld, das sie in ihr Mieder steckte. Dann stieg sie neben ihm auf die Kutsche.

„Darf ich etwas über Ihre Hände erfahren?", fragte er, als das Pferd sie vom Rinnstein wegzog.

Sie trug jetzt Handschuhe und verschränkte die Hände im Schoß. „Sie dürfen."

„Sind das die einzigen Körperteile, die sich verändern? Oder beinhaltet Ihre Magie noch mehr?"

„Nur meine Hände verändern sich, aber ich sehe auch die Toten."

„Sind Sie ein Medium? Oder eine Nekromantin?"

„Was bedeutet das?"

„Ein Medium spricht mit den Geistern der kürzlich Verstorbenen, aber ein Nekromant kann die beschwören, die schon lange tot sind und sie ins Leben zurückrufen."

Erschrocken bekreuzigte sie sich. „Ich bin Medium. Ich sehe neue Geister, bevor ins Jenseits gehen."

Er schnalzte mit den Leinen, um das Pferd schneller durch den zunehmenden Morgenverkehr zu lenken. Sie schwiegen, sodass Lincoln nachdenken konnte. Vermutete der Mörder, dass Mrs Metzger eine Nekromantin war, und wollte sie deswegen eliminieren, zur Sicherheit? Oder griff er jetzt jede Art von Übernatürlichen an, egal ob sie Tote auferwecken konnten oder nicht? Falls es so war, war jeder in Gefahr, dessen Name in den Ministeriumsakten stand.

Eine halbe Stunde später hatte er Mrs Metzger am Waterloo Bahnhof abgesetzt und fuhr nach Hause. Sie war in Sicherheit und möglicherweise am Meer glücklicher als in London. Er hatte ihr gesagt, ihn in Lichfield zu kontaktieren, sobald sie einen Wohnsitz gefunden hatte. Er würde ihre neue Adresse in den Akten vermerken und diese vor nicht vertrauenswürdigen Augen unter Verschluss halten.

Das Haus war still, als er durch die Hoftür eintrat und er brauchte keine hellseherischen Fähigkeiten, um zu wissen warum. Gus und Seth waren weg. Er ging an der Küche vorbei, spürte aber dennoch den giftigen Blick des Kochs. Ein dröhnender Schlag mit dem Nudelholz ließ keinen Zweifel daran, dass der Koch Lincoln für das Verschwinden seiner Freunde die Schuld gab.

Lincoln nahm zwei Stufen auf einmal, nur um abrupt anzuhalten, als er Lady Vickers auf dem Treppenabsatz begegnete. Zu seiner Überraschung begrüßte sie ihn mit einem Lächeln. Sollte sie wegen des Verschwindens ihres Sohnes nicht aufgebracht sein? Sollte sie sich nicht Sorgen machen, dass Lincoln sie nun hinauswerfen würde? Das letzte Mal, als sie miteinander gesprochen hatten, hatte sie Lincolns Wut angestachelt und war entschlossen gewesen, dass er Seth mindestens als ebenbürtig behandeln sollte. Also warum jetzt das Lächeln?

„Guten Morgen, Mr Fitzroy. Wie ich sehe, waren Sie bereits unterwegs, und das auch noch in so einem trüben Wetter."

„Es hat gerade erst angefangen zu regnen." Er trat zur Seite, aber sie machte keine Anstalten, an ihm vorbeizugehen.

Eine kleine Falte erschien auf ihrer glatten Stirn. „Sie wirken besorgt", sagte sie. Das Lächeln verblasste.

„Ich habe einige Dinge im Kopf, da Ihr Sohn und Gus meine Dienste verlassen haben."

„Ah. Ich habe mich schon gefragt, ob Sie das Thema anschneiden oder ob ich das tun sollte."

„Sie dürfen gern weiter hier wohnen, Madam, ob Seth nun zugegen ist oder nicht. Ich habe Ihnen mein Wort gegeben."

Sie drückte sanft seinen Arm. Ihre Augen wurden feucht, klarten aber schnell auf und sie setzte ihre noble Maske wieder auf. Es musste eine Maske sein, beschloss er. Diese Frau war mit ihrem Lakaien durchgebrannt, ausgerechnet. Sie *schien* über solchen Dingen zu stehen, doch offensichtlich tat sie das nicht. Nicht, dass er den Charakter einer Person besonders gut beurteilen könnte, insbesondere was Lady Vickers anging. Die verstand er überhaupt nicht.

„Sie sind ein wahrer Gentleman, Mr Fitzroy. Danke. Falls Seth mich um Rat fragt, werde ich ihm unmissverständlich klarmachen, dass er hierher zurückkehren muss. Er hat eine unweise Entscheidung getroffen, die mir sehr zu schaffen macht."

„Aber Sie wollen doch gar nicht, dass er mein Diener ist."

„Nein, tue ich nicht. Aber ich will auch nicht, dass er nichts hat, nicht einmal ein Dach über dem Kopf. Er hat mir gesagt, dass Sie ihn gut bezahlen. Mr Fitzroy, ich bin nicht so dumm zu glauben, er sollte nicht *mit* Ihnen arbeiten."

Im Gegensatz zu *für* ihn arbeiten. „Wissen Sie, wo er ist?", fragte Lincoln.

„Nein, aber ich rechne damit, dass er sich früher oder später blicken lässt. Ich bin schließlich seine Mutter. Er kann nicht auch vor mir davonrennen."

Seth würde es nicht als wegrennen sehen. Eher als Ausdruck seiner Ansichten. „Danke Madam, aber das ist unnötig. Ich werde ihn nicht zwingen, für mich zu arbeiten." Drängen, ja, aber nicht zwingen.

Er wollte an ihr vorbeigehen, da sie sich nicht bewegte, aber sie klammerte sich an seinen Arm. „Sind Sie die Visitenkarten durchgegangen?"

„Dazu hatte ich keine Zeit."

„Sie hatten viele Besucher, genau wie mein Seth. Sie könnten sich beide die besten Debütantinnen dieses Jahres herauspicken." Ihre Augen leuchteten in der gleichen Weise auf, die er beobachtet hatte, als sie Seth beim Ball in Richtung der heiratsfähigen Frauen geschoben hatte. Warum sah sie Lincoln so an? „Jedenfalls wenn Sie sie wollen."

„Tue ich nicht."

Ihr Griff wurde fester. Sie würde ihn noch nicht loslassen. „Wissen Sie, warum ich nach England zurückgekehrt bin, Mr Fitzroy?"

„Nein." Er wollte es auch nicht wissen. Leider sah es so aus, als würde sie ihre Hand auf seinem Arm lassen, bis sie es ihm erzählt hatte.

„Ich war einsam. Mein zweiter Mann ist verstorben und ich hatte in New York wenige Freunde gefunden. Ohne Freunde, die mich dort einführten, hatte ich keinen Zutritt zu den richtigen Kreisen, sehen Sie. Also bin ich nach Hause gekommen, um wieder bei meinem Sohn zu sein."

Er nickte. Sollte er auch etwas sagen?

„Ich habe ihn geliebt", sagte sie, ehe ihm eine passende

Antwort eingefallen war. „Mein zweiter Mann war ein guter Mann, viel mehr Gentleman als mein erster, obwohl *der* ein geborener Adeliger war.“

„Sie müssen Ihre Taten nicht vor mir rechtfertigen. Mir ist es egal.“

„Oh, das weiß ich. Deswegen mag ich Sie so sehr.“

Tat sie das? Er konnte es nicht sagen.

„Ich schätze, die englische Gesellschaft wird mich eine Weile meiden.“ Sie seufzte. „Es wird natürlich rüde Witze und spitze Bemerkungen geben und ich muss entweder Seth oder Ihre faszinierende Wenigkeit als Partner haben, wenn ich an Partys teilnehmen möchte.“ Ihre starken Gesichtszüge wurden etwas weicher, aber sonst gab es kein Anzeichen darauf, dass diese Tatsachen sie belasteten.

„Gibt es einen Grund, warum Sie mir das alles erzählen?“, fragte er.

„Ich erzähle Ihnen das, weil ich Sie wissen lassen möchte, dass es das wert ist. Selbst wenn ich gewusst hätte, dass George nicht lange leben würde und dass die Rückkehr nach England so schwierig werden würde, hätte ich ihn dennoch geheiratet.“

Ihr Gesicht wurde noch weicher und Lincoln machte sich Sorgen, dass sie anfangen würde zu weinen. Er stählte sich dagegen. „Ich verstehe“, sagte er und schaute an ihr vorbei.

Anstatt ihn loszulassen, packte sie seinen Arm noch fester. „Ich glaube nicht, dass Sie das tun. Sie versuchen zu flüchten.“

Er räusperte sich und schenkte ihr seine volle Aufmerksamkeit. Sollte sie nicht Seth solche Dinge sagen? Warum wollte sie Lincoln diese persönlichen Gedanken mitteilen, wo sie ihn doch kaum kannte?

„Ich habe George sehr geliebt“, sagte sie wieder. „Auch wenn mich diese Liebe sehr viel gekostet hat, hätte ich ihn nicht *nicht* lieben können. Ich hatte keine Wahl. Es war einfach so. Verstehen Sie jetzt?“

Er verstand. Er verstand, dass Seth seiner Mutter mehr über Charlie erzählt hatte, als ihm zustand. „Ich muss gehen.“

Sie ließ seinen Arm los und er ging an ihr vorbei. „Wahre Liebe endet nicht“, rief sie ihm hinterher. „Sie wird mit der Zeit nur tiefer.“

„Ihr Rat ist nicht willkommen."

„Meine Anwesenheit in London ist den meisten nicht willkommen, aber ich bleibe trotzdem. Liebe ist nicht immer einfach, Mr Fitzroy, aber das gilt für die meisten lohnenden Dinge."

Sie hatte das vermutlich aus einem der gotischen Liebesromane, die er sie hatte lesen sehen.

Es war noch zu früh für einen Drink und er wollte Doyle nicht rufen, um Tee zu holen. Während er nicht glaubte, dass der Butler der Typ Oberschullehrer war, riskierte Lincoln es lieber nicht. Er hatte genug Ratschläge und wütende Blicke vom Rest des Haushalts bekommen. Die würden ihm bis ans Lebensende reichen. Jetzt wollte er einfach nur in Frieden die Entwicklungen seiner Ermittlungen überdenken.

Leider störte ihn ein Klopfen an der Tür. Es war nur Doyle, der Tee brachte. Lincoln fragte sich allmählich, ob der Mann doch übernatürliche hellseherische Fähigkeiten hatte. Oder er war einfach nur ein hervorragender Butler.

„Sir, ich sollte Sie warnen", sagte Doyle, bevor er hinausging. „Der Koch redet ebenfalls davon, zu gehen."

Lincoln ließ sich in seinen Sessel fallen. Die Aufgabe, seine Angestellten zu ersetzen, überwältigte ihn plötzlich. Er rieb sich die Stirn und hörte das Klicken der Tür, als Doyle ging. Er trank Tee und versuchte, wieder über die Arbeit nachzudenken. Er könnte jemanden losschicken, um alle in London ansässigen Übernatürlichen zu warnen, aber es gab niemanden mehr, den er schicken konnte. Nicht einmal den Koch. Lincoln erwartete, dass er jeden Moment mit dem Fleischerbeil in sein Zimmer gestürmt kommen würde. Bei seiner hervorragenden Treffsicherheit und dem hitzigen Temperament wäre der Koch ein beeindruckender Gegner.

Er stellte die Teetasse ab und ging. Vor Charlies Zimmer wurde er langsamer, zwang sich aber, weiter zu gehen. *Überall hin, nur nicht da rein.* Er steuerte hinauf zum Dachboden und den dort gelagerten Akten, fand sich aber im Turmzimmer wieder. Es war leer und kalt. Der Kamin war gekehrt und die Matratze abgezogen. Das letzte Mal war er hier oben gewesen, als Charlie gefahren war.

Charlie.

Er hätte nicht ins Turmzimmer kommen sollen. Die Erinnerungen an diesen Tag waren hier zu lebendig. Aber er verließ den Raum nicht. Er konnte nicht. Er *wollte* hier sein, um sich daran zu erinnern, dass es verdammt gute Gründe gab, sie wegzuschicken.

Er setzte sich auf die Fensterbank und konnte sich einen Moment lang all diese Gründe nicht ins Gedächtnis rufen. Alles, was er durch den nebeligen Regen sehen konnte, war genau der Fleck auf der Einfahrt, wo die Kutsche gestanden hatte, als Charlie an jenem Tag eingestiegen war.

Sie hatte geweint. Sehr viel. Er hätte fast nachgegeben und seine Meinung geändert, mehrmals, aber irgendwie war er hart geblieben. Hatte sich darauf konzentriert, ruhig zu bleiben und sich selbst abzuschalten, Stück für Stück. Als er diese Beruhigungstechnik als Kind erlernt hatte, hatte er sich einen Kanal vorgestellt, der Dutzende Schotten enthielt. Jede Schotte würde sich schließen und den Wasserfluss abschneiden, sodass der untere Wasserspiegel niedrig blieb. Erst als er älter wurde und eine Schleuse in Funktion gesehen hatte, war ihm klar geworden, dass sich die Schotten irgendwann wieder öffneten. Die Technik funktionierte jedoch noch und er hatte sie über die Jahre perfektioniert, sodass er sich ganz und gar abschotten und nichts mehr durchlassen konnte. Nicht einmal Charlies Tränen.

Er hatte in dieser gleichen Position gestanden und beobachtet, wie sie ihre Hand an das Rückfenster der Kutsche gelegt hatte, entweder zum Winken oder als Flehen. Sie hatte ihn in dem Moment gesehen, wie er sie beobachtete, und er war schnell aus ihrem Blickfeld getreten. Aber die Kutsche hatte er noch sehen können, den ganzen Weg bis zum Eingangstor. Danach war er stundenlang in dem Raum geblieben und hatte aus dem Fenster gestarrt, so wie jetzt.

Aber damals hatte er kein flaues Gefühl im Magen gehabt, keinen Schmerz in seiner Brust. Kein Hämmern in seinem Kopf und ganz sicher keine Reue. Er hatte das Richtige getan und nur das zählte. Er *musste* sich in Erinnerung rufen, warum er sie überhaupt ins Mädchenpensionat geschickt hatte.

Damit sie in Sicherheit war.

Damit er sich auf seine Arbeit konzentrieren konnte.

Damit sie eine normale Zukunft haben konnte.

Verflucht seien seine Angestellten und Lady Vickers, dass sie ihn dazu gebracht hatten, seine Entscheidung anzuzweifeln. Es war falsch, dass sie Charlie zurückhaben wollten.

Er nahm seine Hand von der Fensterscheibe. Seine Handfläche hatte einen Abdruck auf dem frostigen Glas hinterlassen. Er drückte sich von der Fensterbank weg und verließ das Turmzimmer. Das Haus war zu still. Als er das erste Mal in Lichfield Towers gewesen war, war er durch alle Säle und Zimmer gewandert, hatte Staubtücher angehoben und die Pläne auf versteckte Winkel und Flure geprüft. Er hatte sich jeden Zentimeter von jeder Wand, jedem Schrank und jedem Dielenbrett eingeprägt. Das Haus war größer als das von General Eastbrooke und gehörte laut den Besitzdokumenten ganz ihm. Und trotzdem war es nicht mehr als ein Haufen Steine und Kacheln. Wenn es abgebrannt wäre, hätte es ihn nicht gejuckt.

Bis Charlie kam. Sie hatte es mit ihrer kleinen Gestalt, ihren großen Augen und einem Willen gefüllt, den keine Wand der Welt aufhalten konnte. Ohne sie bestand Lichfield wieder nur aus Steinen und Kacheln.

Er ging weiter, ohne sich seiner Umgebung bewusst zu sein, bis er wieder vor Charlies Tür stand. Seit ihrer Abreise war sie verschlossen, der Schlüssel in seiner Schreibtischschublade verstaut. Jedes Mal, wenn er die Schublade aufzog, erinnerte es ihn daran, was er getan hatte. Manchmal wusste er sogar noch, warum er sie weggeschickt hatte.

Er zog den Schlüssel aus der Tasche, den er am Tag zuvor aus Gründen eingesteckt hatte, an die er sich selbst nicht mehr erinnerte. Er schob ihre Tür auf und atmete tief ein. Dann noch einmal.

Niemand war seit Charlies Abreise hier gewesen, nicht einmal Doyle. Asche verstopfte das Gitter im Kamin im Wohnzimmer und ein Buch lag offen auf dem Tisch am Fenster. Sie hatte vergessen, es einzupacken. Er legte das Lesezeichen hinein und schloss es. Dann drückte er es an seine Brust und ging mit einem weiteren tiefen Atemzug ins Schlafzimmer.

Die Schubladen der Kommode waren aufgezogen und einige Haarnadeln lagen verstreut auf dem Schminktisch. Ihre gesamte

Kleidung war weg, mit Ausnahme der Jungenhose und des Hemdes, die sie bei ihrer Ankunft in Lichfield getragen hatte. An dem Tag hatte sich alles verändert. Irgendwie hatte er das auch gewusst. Sein Instinkt hatte ihm gesagt, dass dieser schmächtige Bursche mit den verlausten Haaren und dem schlechten Benehmen von dem Tag an eine wichtige Rolle in seinem Leben spielen würde. Allerdings wäre er nie darauf gekommen, in welcher Weise. Damals nicht. Selbst wenn er gewusst hätte, dass sie ein Mädchen ist, hätte er nicht darauf getippt, dass er sie nur wenige Monate später würde heiraten wollen.

Sein Magen verknotete sich. Ihm wurde schlecht. Er setzte sich auf das ungemachte Bett, denn ihm war plötzlich schwindelig. Wegen der Erinnerung? Dem Leid? Nein, das konnte diese körperliche Reaktion nicht verursacht haben.

Er versuchte, es abzuschalten, die Schotten wieder dichtzumachen, aber egal wie sehr er sich bemühte, es ging nicht. Die Fähigkeit, sich abzuschalten, war zusammen mit Charlie verschwunden.

Also erlaubte er den Schleusen, sich weit zu öffnen. Schwindel überrollte ihn. Der Raum drehte sich um ihn und brachte ihn aus dem Gleichgewicht. Er lehnte sich zur Seite und fiel aufs Bett, seine Wange auf Charlies Kissen. Er schloss die Augen und griff nach den seherischen Sinnen, die er normalerweise unterdrückte.

Schlagartig richtete er sich auf. Sein Herz schlug einmal kräftig und laut und blieb dann stehen. Er verstand plötzlich— das flaue Gefühl in seinem Magen und der Schwindel kamen weder von Trauer noch von Reue. Sie wurden von Angst verursacht.

Charlie war in Gefahr.

Lincoln hatte einen monumentalen Fehler begangen.

ENDE

Charlies und Lincolns Geschichte können Sie hier weiterverfolgen:
Aus der Asche

EINE NACHRICHT DER AUTORIN

Ich hoffe, Sie hatten beim Lesen von ASCHE ZU ASCHE ebenso viel Spaß wie ich beim Schreiben. Als unabhängige Autorin ist Mundpropaganda entscheidend für den Erfolg. Wenn Ihnen dieses Buch also gefallen hat, überlegen Sie doch bitte, ob Sie Ihren Freunden davon erzählen möchten und in dem Shop, in dem Sie das Buch gekauft haben, eine Rezension hinterlassen. Wenn Sie über Neuerscheinungen informiert werden möchten, abonnieren Sie meinen Newsletter unter http://cjarcher.com/contact-cj/newsletter/. Sie werden nur dann kontaktiert, wenn ein neues Buch erscheint.

AUSSERDEM VON C. J. ARCHER

REIHEN MIT 2 ODER MEHR BÄNDEN

Glass and Steele

Ministerium der Kuriositäten

The Glass Library

Cleopatra Fox Mysteries

After The Rift

The Emily Chambers Spirit Medium Trilogy

The 1st Freak House Trilogy

The 2nd Freak House Trilogy

The 3rd Freak House Trilogy

The Assassins Guild Series

Lord Hawkesbury's Players Series

Witch Born

EINZELTITEL

Courting His Countess

Surrender

Redemption

The Mercenary's Price

ÜBER DIE AUTORIN

C.J. Archer begeistert sich für Geschichte und Bücher, seit sie denken kann, und wähnt sich glücklich, dass sie beides vereinen konnte. Sie verbrachte ihre frühe Kindheit in der dramatischen Schönheit des Outbacks von Queensland, Australien, lebt inzwischen aber mit ihrem Mann, zwei Kindern und einer frechen schwarzweißen Katze namens Coco in Melbourne.

Abonnieren Sie C.J.s Newsletter auf ihrer Webseite, um informiert zu werden, wenn sie ein neues Buch herausbringt: http://cjarcher.com/deutsch/

facebook.com/CJArcherAuthorPage
twitter.com/cj_archer
instagram.com/authorcjarcher